ड्योढ़ी

ड्योढ़ी

गुलज़ार

वाणी प्रकाशन

वाणी प्रकाशन

4695, 21-ए, दरियागंज, नयी दिल्ली 110 002

शाखा

अशोक राजपथ, पटना 800 004

फ़ोन : +91 11 23273167 फ़ैक्स : +91 11 23275710

www.vaniprakashan.in
vaniprakashan@gmail.com
sales@vaniprakashan.in

DYODHI
by Gulzar

ISBN : 978-93-87409-61-3
Short Stories

प्रथम संस्करण 2017
मूल्य : ₹295

सिटी प्रेस, दिल्ली-110 095 में मुद्रित

वाणी प्रकाशन का लोगो मक़बूल फ़िदा हुसेन की कूची से

सलीम आरिफ़
और
सलीम आरिफ़
और
सलीम आरिफ़
के नाम!

अनुक्रम

भूमिका 9

1. *किताबों से कभी गुज़रो तो यूँ किर्दार मिलते हैं*
गये वक़्तों की ड्योढ़ी में खड़े कुछ यार मिलते हैं!

1. साहिर और जादू 13
2. कुलदीप नैयर और पीर साहब 19
3. भूषण बनमाली 25

2. *है सर पानी में और पाँव ज़मीं पर*
ये नगरी मुम्बई की है!...

4. बास 39
5. झड़ी 43
6. सारथी 50
7. फ़ुटगाथ से 56

3. *आँखों को वीज़ा नहीं लगता, सपनों की सरहद होती नहीं*
बन्द आँखों से रोज़ मैं सरहद पार चला जाता हूँ!...

8. एल. ओ. सी. 65
9. ओवर 72
10. दुम्बे 80

4. *इतने सारे बाज़ू, टाँगें, हाथ, और, सर, और पाँव*
बचे खुचे पुर्ज़े लगते हैं, 'स्पैर पार्ट्ज़' हैं!...
11. हिल्सा 89
12. दि स्टोन एज 94
13. तलाश 101

5. *एक ख़ायाल ना दिखता है, ना चुप होता है*
ज़हन के सन्नाटे में इक झींगर है, बोलता रहता है!...
14. स्वयंवर 117
15. विदाई 124
16. अठन्नियाँ 129

6. *बड़ा होने लगा था, फिर ख़ायाल आया*
मैं पूछूँ तो सही, कितना ज़रूरी है बड़ा होना!...
17. गागी और सुपरमैन 141
18. घगू और जामनी 146
19. नारंगी 151

7. *दौड़ दौड़ के क़दम मिलाता हूँ,*
ज़िन्दगी ये कितनी तेज़ चलती है!
20. मिट्टी तले 157
21. शॉर्ट कट 161
22. गिरह कट 166

8. *फूल की पत्ती से कट सकता है हीरा*
आरी से कटते नहीं नाभी के रिश्ते!
23. साँझ 173
24. दादाजी 179
25. एडजस्टमेंट 183

भूमिका

कहानियों के कई रुख़ होते हैं। ऐसी गोल नहीं होतीं कि हर तरफ़ से एक ही सी नज़र आएँ। सामने, सर उठाये खड़ी पहाड़ी की तरह हैं, जिस पर कई लोग चढ़े हैं और बेशुमार पगडंडियाँ बनाते हुए गुज़रे हैं। अगर आप पहले से बनी पगडंडियों पर नहीं चल रहे हैं, तो कहानी का कोई नया रुख़ देख रहे होंगे। हो सकता है आप किसी चोटी तक पहुँच जाएँ।

कहानियाँ घड़ी नहीं जातीं। वो घटती रहती हैं, वाक़्य होती हैं, आपके चारों तरफ़। कुछ साफ़ नज़र आ जाती हैं। कुछ आँख से ओझल होती हैं। ऊपर की सतह को ज़रा सा छील दो तो बिलबिला कर ऊपर आ जाती हैं।

सब कुछ अपना तजृबा तो नहीं होता, लेकिन किसी और के मुशाहिदे और वजूद से भी गुज़रो तो वो तजृबा अपना हो जाता है।

बोसीदा दीवार से जैसे अस्तर और चूना गिरता रहता है। अख़बारों से हर रोज़ बोसीदा ख़बरों का पलास्तर गिरता है। जिसे हम हर रोज़ पढ़ते हैं और लपेट कर रद्दी में रख देते हैं। कभी-कभी उन ख़बरों के किर्दार, सड़े फल के कीड़ों की तरह उन अख़बारों से बाहर आने लगते हैं। कोने खुदरे ढूँढ़ते हैं। कहीं कोई नमी मिल जाए तो पनपने लगते हैं। इस मजमुये में कुछ कहानियाँ उनकी भी हैं।

मैंने बेवजह एक कोशिश की है, इन कहानियों को कुछ हिस्सों में तरतीब देने की। वो ना भी करता तो आप ख़ुद अपने-अपने तजुबों के हिसाब से उन्हें तरतीब दे लेते।

इनमें कोई भी एक कहानी ऐसी नहीं थी कि मैं उसे मजमुये का मर्कज़ बना कर, मजमुये का नाम दे देता। ड्योढ़ी में बैठा जैसे 'पिंजारा' रूई धुनता है। मैं कहानियाँ धुनता रहा। जिसका जी चाहे अपने तकिये, तलाईयाँ भर ले।

कुछ धुनी हुई कहानियाँ 'सलीम आरिफ़' के ड्रामों में नज़र आती हैं।

— गुलज़ार

किताबों से कभी गुज़रो तो यूँ किर्दार मिलते हैं!
गये वक़्तों की ड्योढ़ी में खड़े कुछ यार मिलते हैं!!

साहिर और जादू

ये साहिर की मैयत उठने से पहले की बात है।

मैं बात जादू की सुना रहा हूँ और ज़िक्र साहिर लुधियानवी का है।

जादू और साहिर का रिश्ता बड़ा अजीब था। जादू, जावेद अख़तर का निक नाम है। लाड का नाम। मिज़ाज शायराना भी है, बाग़याना भी... पूरी Pedigree ही ऐसी है। बाप जाँ-निसार अख़तर। मामू मजाज़, और अब ससुर कैफ़ी आज़मी।

बाप की इज़्ज़त तो कभी की नहीं उसने। कोई गुस्सा था। नाराज़गी थी जो जादू की रग-रग में भरी हुई थी। अपने बाप के ख़िलाफ़। माँ के जीते जी तो बर्दाश्त भी कर लिया करता था। लेकिन उनके ग़ुज़र जाने के बाद, बात-बात पर घर से निकल जाया करता था और सीधा साहिर के यहाँ जा पहुंचता। उसकी शकल देखते ही साहिर भी समझ जाते थे कि फिर बाप से झगड़ा कर के आया है। लेकिन वो बिल्कुल ज़िक्र ना करते इस बात का। जानते थे पहले तो जादू भड़क उठेगा और फिर रो पड़ेगा। दोनों हालतों में उसको सँभालना मुश्किल काम था।

थोड़ा-सा वक़्फ़ा देकर कहते, "जादू, चल आ, नाश्ता कर ले।" और नाश्ता करते-करते जादू ख़ुद ही बोल बाल के भड़ास निकाल लेता और बसोरता हुआ वो दिन उन्हीं के यहाँ काट देता। मगर कभी कभी यूँ भी होता कि साहिर उसे आगाह कर देते, "अख़तर आ रहा है। दोपहर के खाने पर।"

जादू नज़र उठाके देखता कि यहाँ भी चैन नहीं। उसका बस चलता तो साहिर के सामने कह देता, "ये बाप, हर जगह! हर वक़्त क्यों..."

जादू बेटा जाँ-निसार अख़तर का था, और मिज़ाज पाया था अपने मामू मजाज़ का। बहुत जज़्बाती और बहुत गुस्सीला... साहिर ने उसे बेटे की तरह पाला और दोस्त की तरह सँभाला। साहिर कहते, "जादू 'ऐरोज़' में बहुत अच्छी पिक्चर लगी है यार। वो क्या नाम है उसका... जाकर देख आ..."

और इस तरह वो बाप बेटे का सामना होने से बचा देते। बड़ा अनोखा रिश्ता था, साहिर और जादू का।

एक बार वो साहिर के घर से भी निकल गया।

"आप ही ने ज़्यादा सर चढ़ा रखा है। मेरे बाप को।"

साहिर हँस पड़े तो जादू ने कहा, "मेरा बाप भी इसी तरह हँसता है मुझ पर। मुझे नहीं चाहिए कोई भी। न वो न आप।" और लड़ के घर से निकल गया।

कुछ दिन ग़ायब रहा। खुद्दारी बहुत थी। नाक बहुत ऊँची थी और मिज़ाज उससे भी ऊँचा। पता नहीं कहाँ सोया, और कहाँ खाया..!

कमाल साहब, कमाल अमरोही के प्रोडक्शन मैनेजर से दोस्ती थी। उसके साथ ही शाम गुज़ार देता और रात को वहीं स्टुडियो में, प्रोडक्शन स्टोर में सो जाता। उस स्टोर में जहाँ हर तरह का प्रोडक्शन का सामान भी भरा हुआ था। मीना कुमारी के दो फ़िल्म फेयर अवार्ड की ट्रॉफ़ियाँ भी पड़ी थीं वहाँ। वो एक क़दआदम आईने के सामने खड़े हो कर खुद को ट्रॉफ़ी पेश करता, फिर ये ट्रॉफ़ी रिसीव करता, फिर हाज़रीन की तरफ़ से तालियाँ भी बजाता, और फिर झुक कर लोगों का शुक्रिया भी अदा करता। ये वाकया जादू ने एक इंटरव्यू में बताया था कि वो तक़रीबन हर रोज़ सोने से पहले यही रिहर्सल करता था। कई दिन गुज़ारे उसने स्टुडियो में।

फिर जब साहिर के घर पर नज़र आया तो मुँह उतरा हुआ था, सूरत सूखी हुई थी। साहिर ने लाड से बुलाया, लेकिन जादू का गुस्सा अभी उतरा नहीं था।

"सिर्फ़ नहाने के लिये आप का गुसल-ख़ाना और साबुन इस्तेमाल करना चाहता हूँ। अगर आप को नागवार ना गुज़रे तो...।"

"ज़रूर..." साहिर ने इजाज़त दी फिर कहा, "कुछ खालो।"

"खा लूँगा कहीं भी। आपके यहाँ नहीं खाना है मुझे..."

जब नहा कर आया तो साहिर ड्रेसिंग टेबल पर एक सौ रुपये का नोट सामने रखकर, मुसलसल अपने बालों में कंघी किये जा रहे थे। और अल्फ़ाज़ तलाश कर रहे थे कि जावेद से कैसे कहा जाए कि सौ रुपये रख लो... जावेद की खुद्दारी से डरते भी थे, इज़्ज़त भी करते थे। आख़िर डरते-डरते कह दिया–

"जादू, ये सौ रुपये रख लो, मैं तुमसे ले लूँगा।"

सौ रुपये उस ज़माने में बहुत बड़ी रक़म हुआ करती थी। सौ का नोट तुड़वाने के लिये भी लोग बैंक में जाते थे, या पेट्रोल पम्प पर।

जादू ने यूँ लिया नोट जैसे साहिर पर ऐहसान कर रहा हो। "रख लेता हूँ। लौटा दूँगा, जिस रोज़ तनख़्वाह मिलेगी।"

जावेद शंकर मुखर्जी के साथ असिस्टेंट लग गया था। जहाँ उसकी मुलाक़ात सलीम ख़ान से हुई थी। बहुत कमाया उसके बाद उसने। शराब मामू की तरह पीता था और पी कर बाप पर भड़ास निकाला करता था, साहिर स्टाइल में। लेकिन वो सौ रुपये उसने कभी वापस नहीं किये। हज़ारों कमाये, फिर लाखों भी आये, पर हमेशा यही कहा साहिर से–

"आप का सौ रूपया तो में खा गया।"

और साहिर भी हमेशा यही कहतेः

"वो तो मैं तुम से निकलवा लूँगा बेटा...!"

ये नोक-झोंक साहिर और जादू में आख़री दिनों तक

चलती रही... और दोस्ती बदस्तूर क़ायम रही। साहिर के बहुत ज़्यादा दोस्त तो नहीं थे लेकिन वो दोस्त पर्वर इंसान थे, और शाम की शराब पीने के बाद बहुत लोगों की ऐसी तैसी कर दिया करते थे। जिन दिनों कृष्ण चंद्र वाले मकान में रहते थे, उनके पुराने दोस्त ओम प्रकाश अश्क बरसों उनके साथ रहे। एक बार मेरे सामने ही अश्क साहब ने कहा था पंजाबी में।

"साहिर – शराब पीने के बाद तू गाली गलौच पे क्यों उतर आता है?"

साहिर ने पंजाबी में ही जवाब दिया था, "शराब के साथ चटपटा तो चाहिए ना यार।"

साहिर के दोस्तों में एक डॉक्टर कपूर भी थे, जो ख़ुद दिल के मरीज़ थे मगर साहिर के मॉलिज। साहिर कहा करते थे, "कपूर, मैं देखने आऊँ तुझे, या ख़ुद को दिखाने आऊँ।"

उस शाम... उस आख़री शाम भी यही हुआ। इतने बरसों में, साहिर अपना मकान बनवा चुके थे। ...'परछाइयाँ' डॉ. कपूर, 'वरसुवा' के एक बँगले में मुंतकिल हो गये थे। जादू एक बहुत कामयाब राइटर हो चुका था। उस शाम साहिर डॉ. कपूर को देखने गये थे। ख़बर मिली थी कि उनकी तबियत ठीक नहीं। हार्ट स्पेशलिस्ट डॉ. सेठ उन्हें देखने आ रहे थे। शायद रामानंद सागर भी थे वहाँ या बाद में आये। साहिर ने कपूर का जी बहलाने के लिये ताश मँगवाई और उन्हीं के बिस्तर पर बैठ के खेलने लगे। पत्ते बाँटते-बाँटते अचानक डॉ. कपूर ने देखा, साहिर का चेहरा सख़्त होता जा रहा है। शायद वो दर्द दबाने की कोशिश कर रहे थे। कपूर ने पुकारा... "साहिर.....!"

और उसके साथ ही साहिर, उस बिस्तर पर लुढ़क गये। डॉ. सेठ दाख़िल हुये। बहुत कोशिश की दिल को बहाल करने की। लेकिन साहिर जा चुके थे। डॉ. कपूर की घबराहट देखकर रामानंद सागर, उन्हें फ़ौरन वहाँ से हटा के अपने घर ले गये।

साहिर का ड्राइवर अनवर दौड़ा आया। उसने लाश को सँभाल लिया। यश चोपड़ा उनके बहुत नज़दीक थे। उनके यहाँ ख़बर की तो वो श्रीनगर गये हुए थे। उसके बाद जावेद को ख़बर की। ड्राइवर नहीं था तो वो टैक्सी लेकर पहुंचे। और उस टैक्सी में जादू, साहिर को उनके घर ले आये, परछाइयाँ में। अनवर और टैक्सी वाले की मदद से उन्हें ऊपर ले गये। फर्स्ट फ्लोर पर, जहाँ वो रहते थे।

जादू जैसे किसी सन्नाटे में था। लेकिन घर पहुँच कर वो जिस तरह रोया है उनके गले लगकर, ज़िन्दगी में कभी नहीं रोया था। उस वक़्त रात का एक बजा होगा। कहाँ जाये? किस को बुलाये? कुछ नहीं किया जादू ने। अकेला बैठा रहा उनके पास, पास-पड़ोस के लोग पहुँच गये थे। एक पड़ोसी ने कहा, थोड़ी देर में लाश अकड़ने लगेगी। दोनों हाथ सीने पर ले कर बाँध दो। बाद में मुश्किल होगी।

जादू रोता रहा और वो सब कुछ करता रहा जो लोग बताते गये।

फिर सुबह होते-होते लोगों को फ़ोन करने शुरू किये। जैसे-जैसे ख़बर फैलती गयी लोग आना शुरू हुए। बैठने के लिये चादरें निकालो। इधर से कुर्सियाँ हटा दो। उधर का दरवाज़ा खोल दो। बच्चों की तरह, जादू के आँसू बहे जा रहे थे और वो ये सब काम कर रहा था।

मैयत के इन्तज़ाम कि लिये नीचे आया तो देखा टैक्सी वाला वहीं खड़ा है।

"ऊफ़! बताया क्यों नहीं? कितने पैसे हुए तुम्हारे?"

वो कोई बड़ा मुहज़िब इंसान था। फ़ौरन हाथ जोड़ दिये।

"मैं साहब... नहीं पैसों के लिये नहीं रुका। इसके बाद मैं कहाँ जाता रात को?"

जादू ने जेब से बटवा निकाला।

टैक्सी वाला फिर बोला।

"नहीं साहब... रहने दीजिये साहब...।"

जादू तक़रीबन चिल्ला कर बोला, "ये लो... रखो सौ रुपये। मर के भी निकलवा लिये रुपये अपने!"

और फूट-फूट के रो पड़ा।

ये साहिर का जनाज़ा उठने से पहले की बात है।

कुलदीप नैयर और पीर साहब

जुमे का दिन था। सन् 1998, 14 अगस्त की शाम, मैं, कुलदीप नैयर साहब के साथ, वाघा बार्डर की तरफ़ सफ़र कर रहा था— कार में!

नैयर साहब कई सालों से ये करते आ रहे हैं। 14 अगस्त की शाम वाघा पर पहुँच जाते हैं। कुछ अदीबों, फ़नकारों, दानिश्वरों के साथ और जब बार्डर पर तैनात फ़ौजी सिपाहियों की डूयूटी बदलती है, और दोनों मुल्कों के झंडे उतारे जाते हैं, तो वो अपने दोस्तों के साथ 'हिंद-पाक-दोस्ती' का नारा लगाते हैं और रात को बारह बजे जब तारीख़ बदलती है तो शमाएँ जला कर आज़ादी का ख़ैरमक़्दम करते हैं।

बड़ी सीधी, लम्बी सड़क थी, और शाम का झुटपटा बढ़ रहा था। और नैयर साहब कह रहे थे

"ये सड़क अगर इसी तरह सीधी चलती रहे और कोई गेट, कोई रुकावट ना आये, ना कोई वीज़ा पूछे, न पासपोर्ट देखे, और मैं पाकिस्तान घूम के आ जाऊँ, तो क्या लूट लूँगा उस मुलक का? लूटने वालों की तो ना इस मुलक में कमी है, ना उस मुलक में। उन्हें बाहर से आने की क्या ज़रूरत है?"

फिर एक वक़्फ़े के बाद बोलेः "आख़िर वो भी तो वतन है मेरा? मेरा कितना बड़ा हिस्सा उस मुलक में पड़ा है।"

मेरी आँखों में कोई सवाल होगा बोलेः "मेरा स्कूल है भई, मदरसा मेरा! मेरे दीना नाथ मास्टर और मौलवी इस्माइल। मेरा अलीफ़, बे का क़ायदा, बस्ता सब वहीं तो रखा है। जड़ें वहाँ रखी

हैं और शाख़ें काट के इधर ले आये...''

नैयर साहब की आवाज़ में रक्कत आ गयी थी। उस रोज़ कई बार नैयर साहब ने स्यालकोट का ज़िक्र किया। जहाँ घर था उनका।

''चाचे, ताये, फुफड़ सबके घर पास-पास ही थे। हमारे घर के सामने एक बहुत बड़ा अहाता था। लेकिन खुला था, कहीं कोई दीवार खेंची हुई नहीं थी। आगे जाके दूसरे घर शुरू हो जाते थे। ज़मीन इतनी थी कि छीना-झपटी की ज़रूरत नहीं थी। इस अहाते के एक तरफ़, बहुत घना पीपल का पेड़ था। जो हमारे घर के ज़्यादा क़रीब था। उसके नीचे एक क़ब्र थी। पता नहीं किस की थी, लेकिन माँ ने कह-कह के उसे, 'पीर साहब' की क़ब्र बना दिया।

माँ पीपल पर पूजा का सिन्दूर लगातीं और साथ ही उस क़ब्र पर एक दीया रख देती थी। सिन्दूर पीपल पर लगा के, उँगली क़ब्र की ईंट से पोंछ लेतीं। आरती करतीं, चिराग़ की आँच पीपल को देकर, दीया क़ब्र के टूटे हुए आले पर रख देतीं। भोग पीपल को लगता तो पीर साहब को भी लगता। घर पे किसी बात से रंजिश हो जाये तो माँ पीपल से पीठ लगा के बैठ जातीं और पीरजी से बातें करतीं। कभी रो भी लेतीं। फिर जी हल्का हो जाता और वो उठ के घर आ जातीं। पीर साहब को साथ ले आतीं। पीर साहब की मुक्ति न होने दी उन्होंने।

इम्तहानों में याद है कि कहती थीं, पीर साहब को मत्था टेक के जाना। इम्तहान हों, त्यौवार हो, ख़ुशी हो, ग़म हो, कोई फाह, कोई अफड़... हर बात में पीर साहब ज़रूर शामिल होते थे।

नैयर साहब कभी-कभी बड़े ठीठ लफ़्ज़ पंजाबी के इस्तेमाल करते हैं। वो कह रहे थेः ''कुछ पूछना हो तब भी, पीर साहब से पूछा जाता था। हमें तो कभी कोई जवाब नहीं मिला। लेकिन माँ को ज़रूर इशारे मिल जाते थे। कभी-कभी तो वो कहती थीं, उन्हें ख़्वाब में आकर बता गये थे।''

हम वाघा पर पहुँच गये...

दिन गुरूब हो रहा था। बड़ी लम्बी-चौड़ी रसूमात के साथ, दोनों मुल्कों के झंडे उतार लिये गये। थोड़े से लोग उस तरफ़ थोड़े से हमारी तरफ़ भी। फ़िल्म स्टार 'राज बब्बर' हमारे साथ शामिल हो गये। उस तरफ़ 'असमा जहाँगीर' आने वाली थीं। नहीं आ सकीं। हुकूमत ने उन पर पाबंदी लगा दी थी।

रात को बारह बजे हम सबने मोम-बत्तियाँ जलाईं। कुछ तस्वीरें लीं। 'हिंद-पाक-दोस्ती' के नारे लगाए। कुछ सूखे, कुछ रूँधे से गले लेकर वापस आ गये।

अगले दिन हम दिल्ली लौट रहे थे। मैं वापस स्यालकोट जाना चाहता था। इसलिये मैंने फिर बात शुरू कर दी।

"नैयर साहब! माँ ने ख़्वाब में देखा था, तो आपने कभी पूछा, माँ से कि पीर साहब कैसे लगते थे। उनकी शकल-व-सूरत क्याथी?"

नैयर साहब का मूड अब अलग था। वो मुस्कराये, बोलेः

"मैंने अपना कैरियर investigative जर्नलिज़्म से शुरू किया था। मेरा ये तफ़सील पूछना लाज़मी था। और जैसा माँ ने बताया था, मैंने वैसा ही पाया उन्हें।"

"पाया उन्हें? मतलब?... आप मिले?... यानी..."

मैं अपना सवाल ठीक से बना नहीं पाया। वो मुस्करा रहे थे। कहने लगेः "सन् 1975 की बात है, जब मि. इन्दिरा गाँधी ने हिन्दुस्तान में इमरजेंसी डिक्लेयर कर दी थी। पॉलिटिकल सियासी लीडरों के अलावा जिन intellectuals (अदीबों, दानिश्वरों) को हिरासत में ले लिया गया था, उनमें, मैं भी शामिल था!

वो भी जुमे का दिन था। 24 जुलाई सन्' 75। मुझे तिहाड़ जेल में नज़रबन्द कर दिया गया, और कहा गया कि नज़रबन्दी बिल्कुल आरज़ी है। चंद दिनों में आपको रिहा कर दिया जाएगा। मैंने पूछा ये हुक्म किसने दिया है तो बग़ैर नाम लिये मुझे जेलर ने इतना ही कहा, मैडम!... चन्द दिन गुज़र गये। लेकिन जब रिहाई के कोई

आसार नज़र ना आये तो मैंने जेलर से कह के अपनी कुछ कॉपियाँ-किताबें मँगवा लीं। उस शरीफ़ आदमी ने एक टेबल और टेबल-लैम्प का भी इन्तज़ाम कर दिया।

आहिस्ता-आहिस्ता, जब मियाद बढ़ने लगी और ग़ैर यक़ीनी महसूस होने लगी, तो एक रोज़ मन-ही-मन, मैंने उनसे पूछा... "मेरी रिहाई कब होगी?..."

मैं चुप रहा, तो नैयर साहब भी चुपचाप मेरी तरफ़ देखने लगे। हम अमृतसर के एयरपोर्ट के लाउंज में बैठे थे। अचानक बात मेरे अन्दर जज़्ब (ink) हुई और मैंने पूछा–

"उनसे...! किन से?... किससे पूछा आपने?"

वो शायद इसी सवाल का इंतज़ार कर रहे थे, बोले–

"पीर साहब से।"

"ओह...!"

"और वो मेरे ख़्वाब में आये। सफ़ेद लम्बी दाढ़ी, और उसके पीछे सब्ज़ रंग का लिबास था। वही माँ ने बताया था। सर पे मुझे याद नहीं, कुछ पहना था या नहीं...।"

"तो क्या कहा?"

"कहा कि आगले जुमेरात तक तुम रिहा हो जाओगे।"

"और कुछ भी कहा?"

"हाँ!... कहा बहुत ठंड लगती है बेटा। अपनी चादर दे दे।" ये कह के नैयर हँस दिये।

"तो आप की रेहाई... मतलब... हुई जुमेरात के दिन?"

"नहीं... जुमेरात के दिन मैं बहुत बेचैन रहा पता नहीं क्यों मैं चाहता था कि वो सच हो जाये। मुझे जेल से कोई परेशानी नहीं थी। लेकिन पीर साहब के क़ौल के लिए परेशान रहा, मामूल की तरह रात देर तक काम करता रहा। सुबह देर से उठा।

वो दिन भी जुमे का था। 11 सितम्बर सन् 1975 और जेलर

ने आकर ख़बर दी कि आपकी रिहाई के ऑर्डर आ गये हैं। मैंने क़दरे हैरत से पूछा– "कब आये?" तो उसने बताया कि–

"काग़ज़ात तो कल रात ही आ गये थे। लेकिन मैं जब ड्यूटी पर आया तो देर हो गई थी। आप टेबल पर काम कर रहे थे और आपका हुक्म था कि आपको डिस्टर्ब ना किया जाये।"

मैंने बा-आवाज़ बुलन्द दोहराया... "कल... यानी जुमेरात के दिन काग़ज़ात आ गये थे?"

ज़रा ठिठक कर जेलर ने कहा: "जी!... आपको पहले से ख़बर थी क्या?..."

और मैंने बहुत ख़ुश होकर बताया उसे!

"हाँ... मुझे ख़बर मिल चुकी थी।"

इसके बाद का एक और वाक़्या भी है। नैयर साहब ने बताया कि माँ ने कहा था–

"बेटा, स्यालकोट जाकर, उनकी क़ब्र पर, चादर ज़रूर चढ़ा देना। उन्हें सचमुच ठंड लगती होगी।" और माँ की आँखें भीगी हुई थीं। मैं फ़ौरन नही जा सका। उन दिनों स्यालकोट का वीज़ा नहीं मिलता था। सन् 1980 में माँ गुज़र गईं तो पीर साहब को चादर पहुँचाना और भी ज़रूरी हो गया। और जब मैं स्यालकोट गया तो उस इलाक़े की शक्ल बदल चुकी थी। हमारे मकानों में कुछ और लोग आकर बस गये थे। सामने के अहाते में छोटी-छोटी दुकानें बन गयीं थीं। एक पूरी मार्किट की शकल बन चुकी थी। और वो क़ब्र मुझे कहीं नज़र नहीं आयी। बहुत लोगों से पूछा। लेकिन किसी ने वो क़ब्र देखी ही नहीं थी। अन्दाज़ ही से मैंने वो जगह तलाश की, जहाँ कभी पीपल का पेड़ हुआ करता था। लेकिन अब ना वो पेड़ था, ना वो क़ब्र.!

उस जगह पर, एक दुकानदार से मैं कई रोज़ मिलता रहा। वो यही कहता था, उसने वहाँ कोई क़ब्र नहीं देखी। मैं लौटने ही वाला था, जब एक रोज़ वही दुकानदार, मुझे मार्किट के बाहर मिल गया। उसने पूछा: "किस की क़ब्र थी वो? जिसकी तलाश कर रहे थे

आप?"

मैंने बताया, एक पीर साहब की थी। हमारी माँ को बहुत अक़ीदत थी उनसे। थोड़ी पेशमानी के साथ उसने इक़रार किया, और कहाः

"जी थी तो सही, हमारी दूकान से लगी हुई थी। हम रिफ़्यूजी (मुहाजिर) थे। दुकान ही में अपने रहने की जगह थी तब। जगह बहुत तंग थी। इसलिए हमने हटा दी और जीने भर के लिये, एक क़ब्र की जगह और खेंच ली।"

मैं वापस आ गया। और एक रोज़ निज़ामुद्दीन औलिया की दर्गाह पे जाकर वो चादर चढ़ा दी, जो अपने साथ स्यालकोट लेकर गया था।"

"वो फिर कभी नहीं आये ख़्वाब में?" मैंने पूछा।

"नहीं! कई बार मुश्किल की घड़ी में जी चाहा वो फिर ख़्वाब में आयें। मैं कुछ पूछूँ। वो कुछ बताएँ। लेकिन वो नहीं आये। लगता है पीर साहब माँ के साथ ही चले गये। मुक्ति पा गये।"

भूषण बनमाली

दूसरी बार जब चाय ठंडी हो गयी तो संतोषजी ने नौकर से पूछाः

"क्या हुआ?... उठा नहीं भूषण?"

"जी अभी तो नहीं उठे। मैं आवाज़ देकर आ गया था।"

"वो तो सर पे ढोल बजाने से भी नहीं उठता। आवाज़ देने से क्या उठेगा?... चलो। तुम दुबारा चाय बनाओ और लॉन में लगा दो। मैं उठा लूँगी।"

भूषण अपनी पत्नी ऊषा और सास संतोष बंसल से एक ही तरह मोहब्बत करता था। उतनी ही शिद्‌दत के साथ! ऊषा से रूठता तो संतोषजी के पास चला जाता। उनसे झगड़ा होता तो ऊषा के पास आ जाता। इस बार ऊषा रूठ कर मद्रास चली गयी तो वो पंजाब अपनी सास के यहाँ चला गया।

घर घाट सब कुछ था। लेकिन आदतन ख़ानाबदोश था ये शख़्स! ना घर पे खुश था, ना घाट पे! इसी तरह एक रोज़ झोला उठा कर दिल्ली से मेरे पास चला आया था। झोले में कुछ किताबें थीं। कुछ डायरियाँ और कुछ नहीं! शायद कुछ ख़त और तस्वीरें जिन पर संतोष से झगड़ा हो गया था... संतोष और वो मिलकर एक हिंदी का अदबी रिसाला निकालते थे। 'नयी सदी'। उस वक़्त तक ऊषा से शादी नहीं हुई थी। ऊषा उन दिनों पेंटिंग सीख रही थी।

बम्बई क्यों आया था, साफ़-साफ़ उसने कभी नहीं बताया।

"कहाँ रहोगे?" मैंने पूछा था। अपनी मख़सूस मुस्कुराहट के साथ बोलाः

"यहीं! जब निकाल दोगे। तब सोचूंगा, कहाँ जाना है?"

मैं लाजवाब हो गया। पूछाः

"वापस दिल्ली नहीं जाओगे?"

एक वक़्फ़ा लिया। मुस्कुराया और कहाः

"कृष्ण ने एक बार मथुरा छोड़ा तो फिर वहाँ लौट कर नहीं गये।"

जवाब अजीब तो था, लेकिन मुझे क्या मालूम था कि वो मथुरा में किसे छोड़ कर आया है। मैं तो सिर्फ़ यही जानता था कि, वो मि. संतोष बंसल के साथ एक माहवारी रिसाला निकाला करता था। मेरी कुछ नज़्में छपी थीं उसमें। और जब दिल्ली गया तो एक दोपहर उनके दफ़्तर में बैठ कर बियर पी थी। अदीब दोस्तों का एक बड़ा हलक़ा था उनका। कुछ लोग आते गये और बियर की बोतलें खुलती रहीं। वहीं फ़र्श पर लुढ़कती रहीं। एक चपरासी दोपहर बाद तक कुछ तली हुई मछली, कबाब और पकौड़े ला-ला कर देता रहा, और सब शायरी के चटखारे लेते रहे। भूषण हिंदी में लिखता था भूषण बनमाली के नाम से, और उर्दू पढ़ता था। वो पिलाता भी रहा, सुनाता भी रहा। संतोष उनकी बड़ी मद्‌दाह थीं। लेकिन इस दौरान किसी को पैसे निकालते नहीं देखा। ज़रूर दुकानों पर परची चलती होगी। जैसी शायरों की चला करती है।

वो पहली मुलाक़ात थी मेरी। दूसरी उसके एक साल बाद बम्बई आने पर हुई, जब मैं एक शाम घर लौटा। वो मेरे कमरे में बैठा बियर पी रहा था। मैंने अन्दर जाकर नौकर से पूछाः "बियर कहाँ से आयी?"

"साहब ने पैसे देकर मँगवाई थी।"

उधार मेरे हाँ कुफ़्र की तरह मना है और भूषण के यहाँ ईमान की तरह रायेज!

मैं अपनी ही कुछ ग़ैर शायराना आदतों से मजबूर हूँ। मैं जल्दी सोता हूँ। और सुबह बहुत जल्दी उठ जाता हूँ। भूषण देर तक सोता रहता। और ये बात मुझे परेशान करने लगी। कई बार वो कमरा अन्दर से बन्द कर लेता। दरवाज़ा पीट-पीट के मर जाते, लेकिन वो न उठता। मुझे आख़िरकार तमाम दरवाज़ों की चटख़नियाँ निकलवा देनी पड़ीं। वो एक बेडरूम का फ़्लैट था। मेरा घर भी था। दफ़्तर भी, मैंने एक दिन पूछ ही लिया–

"नयी सदी का क्या हुआ?"

"गुज़र गयी!" बड़ा मुख़्तसर जवाब था।

"तो अब क्या करोगे?"

"जो आप कहेंगे।"

मैं फिर लाजवाब हो गया। बस मेरे साथ ही लग गये। न असिस्टेंट, न माऊन, बस जोड़ीदार हो गये। किताबों को लेकर चर्चे होते। जय कृष्णा मूर्ति पर तबसरे होते। हिस्ट्री पढ़ी जाती, दोहराई जाती। ऐसे ही एक मूड में एक बार पोप को ख़त लिख कर भेज दिया कि अब तो साइंस साबित कर चुकी है कि ज़मीन सूरज के गिर्द घूमती है न कि सूरज ज़मीन के गिर्द, अब तो गैलिलियो को क़ानूनी माफ़ी मिलनी चाहिए। या चर्च को उससे माफ़ी माँग लेनी चाहिए। ख़त तो पोप तक जाने पहुँचा कि नहीं, लेकिन कोई दस-पन्द्रह साल के बाद जब ऐसा हुआ तो हम दोनों फ़ोन पर बात कर के बहुत ख़ुश हुए। बीच में कई साल का वक़्फ़ा था, तब वो अलग रहने लगे थे। पहले मेरी शादी हुई थी। फिर एक रोज़ दिल्ली से ऊषा को बियाहकर ले आये। संतोष फिर भी उनके यहाँ आती-जाती रहीं। और ऊषा की नाराज़गी बनी रही। अजीब ही रिश्ता था। दोनों को यही लगता था कि दूसरे ने उनके रिश्ते पे छापा मारा है। और भूषण अपनी पढ़ाई लिखाई में मस्त रहते। कभी मिलते तो वो दिन बहुत याद करते थे जब मेरे साथ दश्ते नूरदी पे निकला करते थे।

“भाई, वो रात जोशीमठ की........।”

पहाड़ों में आवारागर्दी करते-करते हम ‘रूद्र प्रयाग’ पहुँचे थे। भूषण तो थे ही, त्रन तारन भी साथ थे, इस बार भी ड्राइवर कोई नहीं था। गाड़ी मैं खुद चला रहा था। कार एक जगह रोक कर हम बाज़ार में टहलने निकल गये। ताज़ा फल नज़र आये, तो फल ख़रीद लिये। सब्ज़ी ख़रीद ली। त्रन ने पूछा भी!

“भाई, क्या करेंगे ये सब? और फल भी इतने कौन खायेगा?”

“खाना कोई ज़रूरी थोड़े ही है? ख़रीद तो लें! बम्बई में कहाँ मिलता है?”

भूषण ने गर्म-गर्म जलेबी तोड़ते हुये कहा–

“जिस डाक बंगले पर रुकेंगे, वहीं दे देंगे।”

पहाड़ों में रुकने का वही एक तरीक़ा है। अंग्रेज़ों के बनाये हुए डाक बंगला जगह-जगह मिल जाते हैं। आजकल पता नहीं क्यों नहीं बनाते! शाम अभी दूर थी। वक़्त भी था। सोचा कुछ और आगे निकल चलें। आनन्द प्रयाग चलते हैं। वहीं के डाक बँगले में रुकेंगे। गाड़ी तक आये तो एक सरदारजी ने आगे बढ़ के पूछ लियाः “आप कहाँ जा रहे हैं?”

सफ़र करती हुई गाड़ियाँ उनकी हालत से पहचानी जाती हैं। और जिस तरफ़ रुख़ हो, लोग सफ़र की सिम्त भी जान जाते हैं। हमने बताया आनन्द प्रयाग तक जाने का इरादा है।

“जगह हो तो लिफ़्ट देंगे?”

“आपको कहाँ जाना है?”

“वहीं उतार दीजियेगा। मेरा घर है वहाँ।”

“आइए!”

हमसफ़र की तो हमेशा तलाश रहती है। बड़े ख़ुश दिल इंसान थे। फ़ौजी थे। अपने घर आये थे। आनन्द प्रयाग पर पुल की मरम्मत हो रही थी। इसलिये आगे एक लम्बा डायवर्शन (Diversion) था।

सिंधू साहब ने दरख़्वास्त की कि उन्हें वहीं उतार दें और अच्छे हिन्दुस्तानियों की तरह घर चलने की दावत भी दी। भोला सिंह सिंधू उनका नाम था। लेकिन दोनों बार उन्होंने बी.एस. सिंधू ही कहा। ये भी कहा कि, ''आगे कहीं खाने के लिये कुछ नहीं मिलेगा, इसलिए घर चलें। खाना खाकर जायें।'' लेकिन हमने रुख़सत चाही। सूरज पहाड़ के पीछे जा चुका था।

डाक बँगले पर पहुँचे तो रात हो चुकी थी। चौकीदार को जगाया तो वो आँखें मलता हुआ बाहर आया। हमारे कुछ भी पूछने से पहले वो 'नहीं' कह देता था।

''कमरा ख़ाली है?''

''नहीं।''

''एक रात के लिये...''

''नहीं।''

''सुबह पाँच बजे...''

''नहीं।''

अचानक डाँट कर पूछा—

''मेजर बख़शी आये हैं?''

नहीं कहते कहते वो रुक गया।

''कौन मेजर साहब?''

''मेजर साहब ने आज के लिये बुकिंग की थी। क्या हुआ?''

उसने मुँह उठा कर देखा। इससे पहले कि वो कुछ कहता, मैंने हुक्म दे दिया।

''चलो पानी गर्म करो। मेजर साहब आने वाले हैं! रजिस्ट्रर कहाँ है?... दिखाओ!''

वो घबरा के पीछे हट गया। भूषण ने फ्रूट और सब्ज़ियों वाला थैला उसे थमा दिया।

''ये रख लो। सुबह घर ले जाना।''

सब कमरे ख़ाली थे। रहने का इन्तज़ाम हो गया। हम लोग गिलास बना रहे थे कि भूषण ने मज़ाक़ किया–

"अब व्हिस्की के साथ, बिस्कुट डुबो के खाएँगे और तो कुछ है नहीं।"

उसी वक़्त एक पहाड़ी मुंडू आ पहुँचा। एक टिफ़िन कैरियर लेकर। सिंधू साहब ने खाना भेजा था। इस तरह की मेहमाननवाज़ी सिर्फ़ इसी मुलक में हो सकती है, हिन्दुस्तान में!

हमेशा की तरह अगली सुबह फिर चलने की तैयारी। और हमेशा की तरह ही भूषण को फिर नींद में बिस्तर से उठा कर गाड़ी में डाल देना पड़ा। वही चार बजे उठ के चल दिये। सफ़र में प्रोग्राम हमेशा यही होता है कि सूरज से पहले चलो। उसे रास्ते में मिलो और उसके जाने से पहले घर पहुँच जाओ... ये बात रात ही को तय हो गयी थी कि अब यहाँ से वापस जाने की कोई तुक नहीं है। थोड़ा सा सफ़र बाक़ी है। 'जोशी मुठ' जाते हैं। वहाँ से 'बद्रीनाथ', और हो सके तो 'गोबिंद घाट' पार कर के, 'वेली ऑफ़ फ़्लावरज़' (valley of Flowers) और 'हेमकुंड' देखकर लौटें। फिर जाने कब आना हो इन पहाड़ों में। और हो भी कि नहीं। भूषण तो मान गये। त्रन तारन को मनाना पड़ा।

अगला पड़ाव जोशी मठ था!!

आनन्द प्रयाग से निकले हुए तीन पहर हो चुके थे। हम मुसलसल धूप छाँव ओढ़े चल रहे थे। त्रन ने पूछा–

"भाई ड्राइवर क्यों साथ नहीं लेते आप?... हमेशा खुद ही ड्राइव करते हैं...?"

"क्यों?... क्या बुरी चलाता हूँ?"

"नहीं, आप इधर-उधर बहुत देखते हैं नाँ! इन पहाड़ों पर तो..."

भूषण ज़ोर से हँस पड़े।

"जब तक पड़ाव नहीं आता, इनकी हवाइयाँ उड़ी रहती हैं। वैसे

उड़ने से पहले भी इनका रंग ज़र्द था।"

भूषण ग़ालिब बड़ी कसरत से कोट (quote) करते थे। बड़ा ख़तरनाक मोड़ था। और ऊपर से आती हुई किसी बस का हॉर्न सुनाई दे रहा था। हर तरफ़ ऐसे सर सब्ज़ जंगल कि सूरज की रौशनी भी हरी लगती थी। जोशी मठ का मोड़ मुड़े तो मुँह से 'हा' निकल गयी। जोशी मठ में बर्फ़ पड़ी थी। वादी के इस तरफ़ कुछ भी नहीं, और उस तरफ़ हर चीज़ सफ़ेद थी। लगता था जैसे केक पर, क्रीम से ड्रेसिंग की गयी हो।

जोशी मठ के बाज़ार में जगह देखकर गाड़ी पार्क कर दी। गाड़ी का दरवाज़ा खोला, और फ़ौरन ही डर के बन्द कर दिया। बाहर ऐसी ठंडी हवा कि जैसे लूट लेने को दौड़ी। शाल और कस के लपेट ली। मफ़लर ऊपर चढ़ा लिये। बाहर आकर रहने के लिये जगह देखने गये। वो ज़रूरी था। बाज़ार ऊपर था। शहर नीचे। सीढ़ियाँ और ढलानें, ढलानें और सीढ़ियाँ! पहाड़ों पर नीचे उतरना उतना ही घुटना तोड़ होता है, जितना ऊपर चढ़ना। इसीलिए कश्मीरी घर से निकलने पर दुआ देते हैं, 'उज़्रों दुर्कुठ' (तेरे घुटने सलामत रहें।) एक जगह बे-शुमार सीढ़ियाँ उतरने के बाद एक आश्रम मिला। बिरला आश्रम!

एक पंडितजी ने रहने को जगह दी। एक कमरा भी खोल दिया। और कोई मुसाफ़िर वहाँ नज़र नहीं आया। एक ही कमरे में तीन चारपाइयाँ लगवा दीं। लेकिन ओढ़ने बिछाने को पतली सी एक दरी, तलायी और मामूली सा एक कम्बल, पंडित जी ने कहा: "अब इस मौसम में कौन आता है महाशय। जिस मौसम में आते हैं उसके लिये काफ़ी है। कुछ साथ भी लेकर आते हैं, कुछ बाज़ार से ले लेते हैं। किराये पर सब मिल जाता है।"

पंडितजी के कहने से राह मिल गयी। कमरे की चाबी ली और

फिर वही, पहाड़ भर सीढ़ियाँ चढ़ के ऊपर आये। ऊपर आये तो गाड़ी के सामने वाले शीशे पर, वायपर के नीचे एक-रुक्क़ा' चिपका हुआ था। लिखा था!

''यहाँ से कुछ आगे जाकर, बाज़ार के आख़िर में एक पेट्रोल का डिपो है। वहाँ से मिलिट्री कैम्प को रास्ता जाता है। आज रात का खाना, आप हमारे साथ, हमारे मेस में खायें। बी. एस.सिन्धू!''

रुक्क़ा' देख कर हम हैरान रह गये। ये शख़्स यहाँ कैसे पहुँच गया? भूषण बोलेः ''जैसे हम आये। वो भी आ गया होगा। और हमारी गाड़ी तो पहचानता ही था।''

''लेकिन उसे अगर जोशी मठ आना था तो कह देता।''

''कैसे कहता? आपने तो यही बताया था कि आनन्द प्रयाग तक जा रहे हैं। आगे का प्रोग्राम तो रात को तय हुआ।''

बहरहाल हमने मोटी-मोटी कुछ तलाइयाँ किराये पर लीं। एक अँगीठी ख़रीदी, थोड़े से कोयले ख़रीदे और ठंड मारने के सारे इन्तज़ाम करने के बाद, रात को भोला सिंह सिन्धू के मेस में पहुँच गये। जवानों को पहले ही ख़बर हो चुकी थी। बड़ी ख़ातिर की उन लोगों ने। एक बड़ी सी अँगीठी जला कर बीच में रख ली और रम पिलाते रहे। एक तो पंजाब रेजिमेंट, ऊपर से पटयालवी पैग रम के। ख़ूब पी, लेकिन उस पर जमके वो पंजाबी शायरी सुनी कि बस हो गयी। ठीठ पंजाबी लहजे में। पंजाबी शायरी को, पंजाबी लतीफ़ों से ज़र्ब दो तो क्या हाल हो? हम सबका वही हाल हुआ। आख़िर में उनके अपने हाथों के बने गुलाब-जामुन!

भूषण को एक तौलिया गले में, बिब की सूरत बाँध दिया गया। गुलाब-जामुन का आधा रस मुँह में जाता था, आधा कपड़ों पर...!

रात को बहुत देर से वापस लौटे। वहाँ रास्तों पर स्ट्रीट लैम्प

तो थे नहीं। अँधेरे में वो सीढ़ियाँ तलाश करना शुरू कीं जो बिरला आश्रम को उतरती थीं। रास्ते में आदम ना आदम ज़ाद कि राह पूछें। गाड़ी की लाइट से कोई अन्दाज़ा न हुआ। गाड़ी फिर एक जगह लाकर पार्क कर दी। त्रन तो गाड़ी में बैठने को भी तैयार न था।

एक शख़्स टॉर्च लेकर आता हुआ नज़र आया तो उसे थाम लिया। उसने समझाया भी कि थोड़ा आगे चल कर वो सीढ़ियाँ हैं, जो आश्रम की तरफ़ जाती हैं। कुछ दूर वो हमारे साथ चला भी, लेकिन हमारा हाल देख कर, जल्दी ही टॉर्च बुझा के खिसक गया। भूषण को त्रन ने सँभाल रखा था।

एक जगह एक सीढ़ियाँ नज़र तो आईं। लगा कि वही हैं। सो हमने उतरना शुरू कर दिया। मैं आगे-आगे चल रहा था। और कई बार टटोल टटोल कर सीढ़ियों का अन्दाज़ा कर रहा था। और बताता जा रहा था। अचानक पता चला कि मेरे पीछे तो कोई है ही नहीं। और दूर से त्रन तारन की आवाज़ सुनाई दे रही थी।

"स्टेप, स्टेप स्लोप! स्टेप, स्टेप स्लोप!(step, step, slope...)"

हर दो सीढ़ियों के बाद एक वक़्फ़ा आता था। त्रन तारन सँभाल सँभाल के भूषण को नीचे उतार रहे थे। किसी तरह आश्रम पहुँचे। कमरे की चाबी लगी तो यक़ीन हुआ कि सही जगह पर आये हैं।

लीफ तलाइयाँ तैयार कर गये थे। भूषण को एक चारपाई पे सुला के रज़ाई ओढ़ा दी। जिस शये को हाथ लगाईं। यही लगता था कि फ़्रिज से निकली है। अँगीठी सुलगाने की कोशिश की। कोयले जमा के नीचे से काग़ज़ जलाये। थोड़ी-सी रौशनी हो और काग़ज़ जल के राख हो जाये। कोयले बर्फ़ के टुकड़े लगते थे। और ऊपर से सीले। जलें तो कैसे? अख़बारें, रिसाले जो जमा हुए आहिस्ता-आहिस्ता ख़त्म होने लगे। मैंने कहा: "यही हाल रहा त्रन, तो किताबें जला के रात काटनी पड़ेंगी।"

उसी पर त्रन को एक तरकीब सूझी... बोतल में ब्रांडी काफ़ी

थी। वो उठा लाया। नीचे से आग जला कर ऊपर से कोयले पर ब्रांडी उड़ेलनी शुरू की।

"बस एक कोयला सुलग गया तो अँगीठी जल जाएगी।"

नीचे से आग जलती और जब कोयले पर पतली सी ब्रांडी की धार पड़ती तो ऐसी ख़ूबसूरत एक नीले रंग की आग जलती कि कोयला नीलम का हीरा लगता। हाथ पे उठा लेने को जी चाहता।

ब्रांडी तो तक़रीबन ख़त्म हो गयी। लेकिन इस कोशिश में एक कोयला लाल हो कर दहकने लगा। ऐसे ही जैसे शराब ज़्यादा चढ़ जाये तो आँख लाल हो जाती है। बस फिर क्या था... ऊपर से फूँकने लगे। नीचे से हवा देने लगे। और अँगीठी सुलगने लग गयी। कुछ धुआँ ज़रूर जमा होने लगा कमरे में! आधी रात गुज़र गई अँगीठी को लाल करते।

बिस्तर ठीक किये। लेटे थे कि त्रन ने धीरे से आवाज़ दी। मेरे 'हूँ' कहने पर बोलाः "मैट्रिक में एक सबक़ पढ़ा था कि बन्द कमरे में कोयले जला कर नहीं सोना चाहिए। इसलिए कि उससे एक गैस पैदा होती है जिससे आप बेहोश हो सकते हैं और मर भी सकते हैं। इसलिए ज़रूरी है कि कोई खिड़की या रौशनदान खुला रहे जिससे ऑक्सीजन अन्दर दाख़िल होती रहे।"

चारों तरफ़ नज़र दौड़ाई... उस कमरे में कोई खिड़की नहीं थी। कोई रौशनदान नहीं था। उलझन हो गयी।

"त्रन यार, मैट्रिक का पढ़ा आज ही याद आना था तुझे?"

मुझे तसल्ली देने के लिये उसने पूछाः "वैसे कोई ख़तरा तो नहीं है?"

"इस सर्दी में क्या कोई बेहोश होगा?"

कह तो दिया, लेकिन एक बेचैनी सी रह गयी। त्रन ने फिर

कहाः "ऐसा करते हैं, दरवाज़ा थोड़ा सा खोल देते हैं।"

"ठीक है!"

दरवाज़ा खोला तो हवा ऐसी बेरुख़ी से दाख़िल हुई जैसे रेड पे आयी हो। बहुत थोड़ा-सा खोल के रखा तो लुच्चों की तरह सीटी बजाने लगी। समझ न आया क्या करें?... एक तरीक़ा समझ में आया कि एक सूटकेस बीच में डाल कर दरवाज़ा बाँध दें। बाँधते कहाँ से? रस्सी तो थी नहीं, पाजामे का नाड़ा खोला। उसे दरवाज़े से बाँध कर एक सूटकेस बीच में अटका दिया। कुछ इत्मीनान तो हो गया। लेकिन कमरे में सर्दी बढ़ गयी। नींद ग़ायब हो गयी। थोड़ी-थोड़ी देर बाद एक ख़याल आता कि "भूषण का क्या हाल है?" एक रज़ाई और कम्बल तो था उन पर, उठकर एक रज़ाई और डाल दी।

त्रन ने फिर करवट ली और कहाः "हवा दीवार से टकरा के सीधी भूषण को तलाश करती है।"

और जब चुप हो गया। एक वक़्फ़े के बाद मेरे मकालमे की बारी थी।

"त्रन जैसे-जैसे रात बढ़ रही है, ठंड भी बढ़ती जा रही है!... मैं अपनी तलाई उन पर डाल देता हूँ। ऐसा ना हो सुबह जुलाहे की जवाई की तरह मुस्करा रहे हों।"

त्रन चुप रहा। मैंने अपना बिस्तर उलटा कर लिया। कम्बल नीचे कर लिये। रज़ाई ऊपर ले ली। और तलाई भूषण पर डाल दी। थोड़ी देर में अँगीठी भी ठंडी होने लगी। त्रन ने उठ कर थोड़े से कोयले और डाल दिये। और साथ ही अपनी रज़ाई भी भूषण पर डाल दी। और फिर तलाई के अन्दर घुस के लेट गया। इसी उधेड़बुन में थक थका कर आँख लग ही गयी।

ज़ाहिर है सुबह देर से उठे। भूषण उस रोज़ हम से पहले जाग गये थे। चारपाई से ही करवट लेकर देखा उन्हें। बड़े मुतमईन लग रहे थे। मैंने पूछा–

"क्यों? ठीक से नींद आयी रात को?"

एक जम्हाई लेकर बोलेः "नींद तो अच्छी आयी। लेकिन एक बात बताइये। रात को आप लोग अपना सामान उठा उठा कर क्यों मेरे ऊपर डाल रहे थे?"

त्रन फट के हँस पड़ा!

"लो...... और सुनो। तुम्हारी वजह से आधी रात तक सोये नहीं। अब उठो और उठ के चाय का इन्तज़ाम करो!!"

ख़ानसामाँ ने दूसरी चाय तैयार कर ली थी। ट्रे सजा कर लॉन में ला रहा था जब संतोष जी को भूषण के कमरे से निकलते देखा, पूछा–

"क्यों? आप से भी नहीं उठे?"

संतोष जी ने बुकल में मुँह दे रखा था। आकर कुर्सी में धँस गईं। और ज़ोर से गर्दन मार के बोलींः "नहीं...... अब वो नहीं उठेगा!!"

और अपनी सिसकियाँ बुकल के अन्दर ही शाल में दबा लीं!!

है सर पानी में और पाँव ज़मीं पर
ये नगरी मुम्बई की है!...

बास

पार्टी वाला बोलाः "नौ साल तक लड़-लड़ के हमने तुम लोगों के लिये ये कॉलोनी बनवा के दी। तुम लोगों को झोंपड़-पट्टी से निकाला, सीमेंट के पक्के मकान बनवा कर दिये हैं, और तुम बोलता है.... डब्बे में बन्द कर दिया।"

मेरा घर वाला, हमेशा पार्टी वाले से बहस करता था।

"तू इसे बस्ती बोलता है। आदमियों का गोदाम लगता है। सबको पार्सल में पैक कर के रख दिया है।"

मैं दाँतों में दुपट्टा दबाये सब सुनती रहती हूँ। मेरे को क्या लेना इन लोगों की पॉलिटिक्स से? वो भी लगा रहता है, मेरा आदमी।

"अरे साला, दो बिल्डिंग के बीच में दो हाथ गाड़ी की जगह तो होनी चाहिए। इधर से जाता आदमी उधर से आते आदमी से टकरा जाता है।"

"क्या बात करता है मेथू?... पुलिस का दो जीप गुज़र सकता है। तू नाप के देख ले।"

"अबे छोड़... दो चारपाई बिछा के ताश खेल सकता है क्या?"

"अब बम्बई की गलियाँ चारपाई बिछाने के लिये तो नहीं हैं, दोस्त!"

मैं भी सोचती हूँ, सारा रंग रूप ही बदल गया ज़मीन का। पहले आधा साल दलदल की तरह कीचड़ रहता था यहाँ। कुछ खाड़ी का पानी आ जाता था। और आधे साल सूखे कीचड़ की काली मिट्टी उड़ती

थी। नंग धड़ंग बच्चे, कुत्ते कुतरे, जानी की मुर्गियाँ और मुर्ग़े सब पल जाते थे। बच्चे, पिल्लों को रस्सी बाँध के घसीटते रहते थे। बड़े होते होते इन सब कुत्तों की गर्दन लम्बी हो जाती थीं।

सरकार ने अब इस आधी ज़मीन पर, सीमेंट की तीन मंज़िला पक्की बिल्डिंग बना दी हैं। और एक एक मंज़िले पर चौबीस-चौबीस फ्लैट हैं। हर एक फ्लैट में एक कमरा, एक रसोईघर, जिसमें धुआँ ऊन के गोले की तरह लिपटा चला जाता है। एक नल ख़ाना! और एक एक बिल्डिंग में, हर मंज़िला पर दो पाख़ाने बना दिये हैं। ताकि पानी के डब्बे उठा कर दूर ना जाना पड़े। लाइन अब भी लगती है। लेकिन पहले ये लाइन खुले में लगती थीं। अब दीवार से लगे लगे सीढ़ियाँ चढ़ जाती हैं।

जब ये बिल्डिंग बननी शुरू हुई थीं तो सारी झोंपड़-पट्टियाँ घसीट के, मैदान के एक तरफ़ रख दी गयी थीं। जैसे ग़फ़्फ़ार मंडी में ख़ाली टोकरियों का ढेर लगा देता है। उस टोकरियों में सड़ी हुई सब्ज़ियाँ रह जाती थीं। और इस ढेर में गले सड़े बच्चे और उनके माँ-बाप बिलकते रहते थे। बिल्कुल ही कीड़े-मकोड़े की सी ज़िन्दगी थी। धूप भी, ओस भी, मीन्हा भी। आसमान भी अपना बचा खुचा सब कुछ ऊपर से फेंकता रहता था। इन दीवारों पर तो काई भी नहीं लगती। झोंपड़-पट्टियाँ तो फिर भी काफ़ी सब्ज़ रहती थीं।

हमारी झोंपड़ी के सामने थोड़ी-सी खुली जगह थी, जहाँ संतोष ने करेले की बेल लगा दी थी। और खपच्चियों से बाँध के दीवार सी खड़ी कर दी थी। इससे साथ की झोंपड़ी भी अलग हो गयी थी। लेकिन बेल तो बेल ही थी। जहाँ साथ वाले (पड़ोसी) को दो करेले नज़र आये। वहीं कपड़े धोने के बहाने बालटी पानी की रखी और मौक़ा पाते ही हाथ डाल कर करेले चुरा लिये और पानी की बालटी में ही कपड़ों के नीचे रख के अन्दर ले आये। चार आलू और ढेर सी लाल मिर्च डाल के भून लिये, खुशबू तक नहीं उड़ती थी करेले

की। कैसे जान पाती संतोष? मगर उसे शक तो हुआ था। इसीलिए जब रज्जब अली का गैरेज गिराया था म्युनिस्पल्टी ने, तो संतोष का ख़सम पतले टीन की चादर लाया था और बांस की खपच्चियों के पीछे ऐसे खड़ी कर दी के सारी बेल छुप गयीं। इसीलिए तो संतोष के यहाँ से कभी-कभी करेलों की ख़ुशबू आ जाती थी। उसे लाल मिर्च से छुपानी नहीं पड़ती थी। हाँ माँग लो तो कभी कभार दे भी देती थी। वो भी तो मेरे गमलों में लगे कच्चे टमाटर माँग लेती थी। सभी ने घर के बाहर कुछ न कुछ खड़ा कर लिया था।

'तुलसी' तो थी ही जिस पर रोज़ शाम को दीये जल जाते थे। किसी को पता ही नहीं वो क्यों लगाई जाती है। बत्ती क्यों जलाते हैं। अमीना के यहाँ भी, करीमाँ के यहाँ भी, शान्ति और पूरों के यहाँ भी, सभी कहती थीं।

"जब भी बूढ़ा खांसे, मैं तुलसी डाल के काढ़ा पिला देती हूँ।"... कुछ की बेल तो झोंपड़ी की छत पर भी फैल जाती थी।

मगर आंटी तो आंटी है ना, उसने भट्टी रखी थी, छोटी-सी। अपनी झोंपड़ी के पीछे, बख़शी की तरह नहीं। जिसने मैदान के एक कोने में जगह बना रखी थी। पन्द्रह बीस रोज़ में एक ही बार भट्टी चढ़ाता था। दारू के ड्रम भर के झुग्गी में महफ़ूज़ कर लिया करता था। जिस रोज़ उसकी भट्टी लगनी होती थी, उस रोज़ सुबह से कुछ हवलदार उसके घर की तरफ़ घूमते नज़र आने लगते थे। उसकी दो झोंपड़ियाँ और भी थीं। इज़्ज़तदार लोग अन्दर बैठ के पीते थे। और मामूली इज़्ज़त वाले, जो न उतरती थी, न चढ़ती थी। वो बाहर बैठ के ठर्रा पीते थे। और सामने प्लेट में रखा नमक चाटते रहते थे।

लेकिन आंटी तो आंटी थी। वो बड़ी नफ़ासत से दारू बनाती थी। सड़े गले फल भी डालती थी, और 'नौशादर' तो बहुत ही कम। उसकी दारू में रंग भी होता था। और जो कोई खाली बोतल साथ ले आये, एक रुपया कम कर देती थी। उसके बँधे हुए ग्राहक थे। वही आते थे और दस बजे के बाद कोई नहीं। फिर वो ख़ुद पी के

धुत हो जाती थी और बड़े का गोश्त खा के सो जाती थी। कोई जगा दे तो ऐसी झँकारती गालियाँ पड़ती थीं के सारी बस्ती में रस टपक जाता था।

अब तो वो भी दीवारों में बन्द हो गयी है। उसका तो गला ही घुट गया है। पहले वो इतनी अकेली नहीं लगती थी।

जॉनी भी कहता है अब होटल की नौकरी पड़वड़ती नहीं। उसकी मुर्ग़ियाँ कुछ बिक गयीं, कुछ खा गये, कुछ मर गयीं। अब दूसरे और तीसरे माले पर मुर्ग़ी कहाँ से पाले?

ग़फ्फ़ार ने भी इस साल बकरा नहीं लिया। क़ुर्बानी में अपनी बकरी काट डाली। पहले खोल देते थे उसे कचरपट्टी में अपना चारा ढुँड लेती थी। अब घर के कपड़े खाती है। महीने में दो लुंगियों का ख़र्चा बढ़ गया है। घर नहीं था तो कितना अच्छा था।

मेरा घर वाला भी पहले कुछ दोस्तों को साथ ले आता था। झोंपड़ी के बाहर, चारपाई डाल के सब पीते थे। हुल्लड़ करते थे। और जो लुढ़क जाता था, रात वहीं पड़ जाता। सुबह ड्यूटी से पहले उठ के चला जाता। अब उसने भी दोस्तों को लाना छोड़ दिया। एक ही कमरे में सारे मर्द और औरतें क्या करें? तब बच्चे फ़र्श पर पड़े रहते थे। मर्द बाहर सो जाते थे। औरतें रात को पानी भरके, अपने-अपने मिमयाते बच्चों को छाती से लिपटा के सो जाती थीं। अब क्या करें? बड़े बच्चे आँखें फाड़े सब देखते रहते हैं।

मैं तो कई बार अपने मर्द से कह चुकी हूँ ये भी साली कोई ज़िंदगी है? दरबों में बन्द कर दिया है सरकार ने। पता है क्यों? ताकि ग़रीबी की बास बाहर न जाये। चल मकान बेच के, कहीं और चलते हैं। किसी और झोंपड़-पट्टी में जगह मिल जाएगी...!!

झड़ी

बारिश की झड़ी भी कुछ इस तरह लगी थी मुम्बई में, जैसे दामू को पीने की झड़ी लगी थी। पाँच रोज़ से लगातार दिन-रात दारू पिये जा रहा था – और पाँच रोज़ से आसमान भी बरसे ही चला जा रहा था। लगता था दोनों को चढ़ी हुई है, और कोई रुकने को तैयार नहीं था। ज़िद लगी हुई थी।

दामू का हमेशा से यही हाल था। दामू ऐसा ही था। जब पीने पर आता तो कोई उसे रोक नहीं सकता था। बीस-बीस दिन, एक-एक महीना, सुबह-ओ-शाम दारू बस दारू। बीवी लक्षे को रोकती, जो दारू देता था, तो पता नहीं कहाँ-कहाँ से निकाल लेता था। बिस्तर के नीचे बिछी तलाई में से, दाल के डिब्बे में से, छत के पाटिये से – और दम भी बहुत था पीने का। पीता था तो खुश रहता था। औरों की तरह लड़ता-झगड़ता नहीं था – और जब छोड़ देता था तो तीन-तीन, चार-चार महीने, कभी छह-छह महीने तक हाथ नहीं लगाता था। तब उसके जैसा आदमी न होता बस्ती में। उसके जैसा बाप नहीं, उसके जैसा पति नहीं, उसके जैसा वर्कर भी नहीं।

लेकिन वो तो मौसम की बात है। इस बार तो पहली बारिश के साथ ही शुरू हो गया – और बारिश भी, क्या बारिश। सौ साल में ऐसी बारिश नहीं हुई थी।

पहला दिन गुज़रा, बर्दाश्त किया। हमेशा की तरह मुंबई की लोकल ट्रेनें बन्द हुईं, चलीं, फिर बन्द हुईं। दूसरे दिन बाहर के ट्रक आने बन्द हुए। तेल तरकारी की आमद बन्द हो गयी – भाव ताव ने ख़रगोशों की तरह कान खड़े कर लिये। शाहराओं पर ट्रकों की क़तारें रुकती नज़र आने लगीं। बारिश मुसलसल जारी थी एक ही रफ़्तार से – और दामू का उसी रफ़्तार से दारू जारी थी।

तीसरे दिन से ख़तरे के आसार दिखाई देने लगे। बारिश, बारिश के साथ हवा, गली में पानी भरना शुरू हुआ। बीवी बाहर का सामान उठा उठाकर खोली में रखने लगी। बालिश्त भर की खोली, जिसमें दामू, उसकी बीवी शोभा और बेटी कृष्णा, जिसकी अगले महीने शादी होने वाली थी। वो ही नहीं समाते थे, शोभा ने बकरी को भी अन्दर ले लिया। दामू चिढ़ गया।

"अबे इस भेन... को अन्दर लाने की क्या जरुवत (ज़रूरत) थी?"

"बाहर खड़ी कब तक भीगती रहती?"

"अबे इतना मोटा ऊन का कोट पहन रखा है। दो घंटे भीग नहीं सकती?"

"दो घंटे कहते हो। दो दिन हो गये हैं पानी पड़ते। आज तो गली भी भर गयी और नाला इतने ज़ोर से बह रहा है। मुझे तो लगता है पुनिया की झोपड़-पट्टी सब जाएगी पानी में।"

दामू चुप हो गया। दायें हाथ से नमक चाटा थोड़ा-सा और बायें हाथ से आधा गिलास दारू का ग़टक गया। नौशादर सीने में जा के लगा। भट्टी वाले को गाली दी।

"साला, इतना नौशादर डालने लगा है दारू में। लगता है बैटरी का तेज़ाब डाल दिया।"

शोभा ने कोई जवाब नहीं दिया। बकरी को एक तरफ़ बाँध के, कृष्णा से बोली।

"उठ बेटी, ये फ़र्श का सामान थोड़ा उठा के ऊपर रख दे, तख़्त पे डाल दे। मुझे लगता है पानी थोड़ा तो भरेगा खोली में। बारिश तो बन्द होने की नहीं, और तेज़ हो गयी..."

उसने बात पूरी भी नहीं की थी कि गली में एक शोर उठा।

"लगता है झोंपड़ी गयी पुनिया की।"

शोभा ने दरवाज़े पर जाकर देखा। मुक़ादम की छत पूरी की पूरी फिसल के गली में आ पड़ी थी। लोग भागे उसे उठाने के लिये। लेकिन अब क्या फ़ायदा, बजाये गली से भरने के, पानी सीधा ऊपर से भरने लगा – आसमान भी ज़िद में था।

कृष्णा ने जाना चाहा, लेकिन शोभा ने रोक दिया।

"तू बैठ अगले महीने लगन है। कहीं हाथ पैर तोड़ के आ गयी तो..."

कुछ और कहते शोभा निकल गयी। दामू का जी चाहा बेटी से कोई बात करे। अब वही तीनों थे खोली में। दामू, कृष्णा और बकरी।

"कान्दा है घर में बेटी? एक कान्दा काट के देना। नमक डाल के।"

कृष्णा चुप-चाप कान्दा काटने लग गयी। दामू ने खिड़की में रखी बोतल उठाई और फिर से गिलास भर लिया।

"मटकी से पानी भी दे दे बेटी।"

बग़ैर कुछ कहे कृष्णा ने मग भर के रख दिया। आधा गिलास दारू, आधा गिलास पानी! कृष्णा लौट गयी थी, लेकिन दामू ने अपना काँपता हुआ हाथ कृष्णा के सर पे रखा, जो कुछ देर हवा में लहराता रहा। मुख़ालिफ़ हवा में उड़ते पंछी की तरह, और दुआ दी।

"तू फिकर नहीं करना बेटी। बोत (बहुत) शान से तेरा लगन करूँगा। पच्चीस हज़ार की खोली, पच्चीस हज़ार का कपड़ा गहना, पच्चीस हज़ार तेरे मर्द को दूँगा। पूरा एक लाख लेकर आऊँगा। सब तेरे लगन में ख़र्च कर दूँगा।"

फिर खुद ही हिसाब ठीक किया।

"एक लाख ज़्यादा हो गया क्या?... चल पचास हज़ार लाऊँगा।"

पच्चीस हज़ार बार, ये बात वो नशे में दोहरा चुका था – और हर बार शोभा फटकार देती थी।

"कहाँ से लायेगा? रेस में जायेगा क्या? कि चोरी करेगा?"

हर बार शोभा बोलती ज़रूर थी – और वो भी हर बार पीने के बाद एक बार तो अपने अन्दाज़ से ज़रूर कृष्णा के सर पे हाथ रख देता था – और यही कहता था: "तू फिकर मत कर...."

कृष्णा कान्दा और नमक रख के फिर सामान हटाने लग गयी। पानी अब खोली के अन्दर आना शुरू हो गया था, और किचन वाली छत से बाक़ायदा नीचे रखी बालटी बज रही थी। बकरी जो इतनी देर से बैठी हुई थी फिर खड़ी हो गयी।

शोभा बहुत देर तक नहीं आयी तो कृष्णा देखने को निकली। वो भी आधे घंटे के लिये गुल हो गयी। दामू को भी सामान की फ़िक्र हुई। पहले तो उसने अपनी एक लीटर दारू सँभालकर ऊपर रख दी। जो दाल के डब्बे में छुपा के रखी थी वो अलग। फिर पानी का एक बड़ा वाला जग भर के रख लिया। फिर दो पेटियाँ, कपड़े लत्ते वाली, उठा कर तख़्त पर रख दी। तीसरी पेटी बहुत भारी थी, घसीटने में पैर पे लग गयी। वो वहीं छोड़ दी।

बकरी बिल्कुल कोने में घुस के खड़ी हो गयी। जैसे नमाज़ में हाथ बाँधे खड़ी हो। एक डिब्बे में कुरमुरे भरे हुए थे। थोड़े जेब में भर लिये। थोड़े मुट्ठी में भर के फिर अपनी जगह पर आकर बैठ गया। खोली में पानी भरना शुरू हो गया था।

इस बार शोभा लौटी कृष्णा नहीं – साड़ी उठा के घुटनों से ऊपर बान्ध ली थी। चिल्ला रही थी।

"देखो आज घर में खाना पकाना तो नहीं हो सकता। नीचे

होटल मलिये का, आधा पानी से भर गया। लोग बाग ऊपर वाले गैरिजों में भाग रहे हैं।''

नशे में था, लेकिन याद था।

''मुक़ादम का क्या हुआ? घर तो भर गया होगा?''

''बेचारा अभी तक सामान उठाकर ऊपर पहुँचा रहा है। हीरो, गोपाल, सुलैमान सब लगे हैं। लेकिन क्या करें? बूढ़ों बच्चों को देखें कि सामान को देखें?''

शोभा खाने-पीने का सामान उठा उठाकर ऊपर रखती जा रही थी। वड़ा-पाँव लाई थी। वो बना रही थी दामू के लिये, और कह रही थीः

''कितने बच्चे पैदा करते हैं मुहल्ले वाले। एक-एक साइज़ के दस-दस बच्चे मिलते हैं। शुक्र है अपनी एक ही है!''

बीवी के आने से दामू में जान आ गयी थी। सर का पानी झाड़ कर बोलाः ''तेरा पेट नहीं गिरने लगता तो इधर भी लाइन लगी होती अब तक।''

शोभा ने भी गर्दन मार के कहाः ''भगवान है ना बचाने वाला। लो... खा लो।''

दामू ने बाज़ू से पकड़ लिया।

''वो क्या तेरे सगे वाला है?''

''अब हाथ छोड़ो।''

शोभा ने डपट के कहा।

''और यहाँ से निकलने की तैयारी करो। नीचे देखो, कितना पानी भर रहा है।''

शोभा ने दो पेटियों के ऊपर खुर्ची (कुर्सी) रखी थी। दामू धीरे से उठ के, उसके ऊपर चढ़ गया।

''इतना ऊँचा तो तेरे सगे वाला भी नहीं आ सकता। पानी क्या आयेगा?''

"लुढ़क मत जाना। यहाँ उठाने वाला कोई नहीं है।"

"तू कहाँ जा रही है ?"

"गैरिज वाले छप्पर में। जरा हाथ बटा दूँ। कृष्णा भी वहीं है।"

"वो कब आयेगी?"

"जरा पानी थमें तो सब लोग लौटेंगे।"

लेकिन इस बार कोई नहीं थमा। ना बारिश, ना दामू। गली के पानी का बहाव बढ़ता ही गया। नाला दरया हो चुका था। मुक़ादम का छोटा लड़का पानी में गिरा और ग़ोते खाता बह गया। कई लोग दौड़े लेकिन वो हाथ नहीं आया। इस दौड़ में कुछ और लोग भी ज़ख़्मी हुए। बहुत से लोगों का ख़याल है कि वो जहाँ पानी का भँवर बन रहा था वहाँ कोई 'मेन होल' खुला था और मुक़ादम का लड़का उसी में खैंच गया।

घरों की बिजली चली गयी थी। या बन्द कर दी गयी थी। शॉर्ट सर्किट होने का ख़तरा था। शाम होते होते पानी के साथ-साथ शहर अँधेरे में डूबने लगा।

ऊपर के दोनों तीनों गैरिजों में छह फ़ुट तक पानी भर गया। जिन गाड़ियों से मरम्मत के लिये इंजन निकले हुए थे उनके ढाँचे क़ब्रों की तरह पानी पर तैर रहे थे। छत के पास-पास, सामान के लिये बने खाँचों से सामान पानी में फेंक कर कुछ लोग उन खाँचों में घुस गये थे। अब जब तक बारिश न थमे – और पानी न उतरे, उनके नीचे उतरने का कोई इमकान नहीं था।

बालटी जो बूँद बूँद भरी थी अब वो भी पानी के ऊपर तैर रही थी। बाहर से बीच-बीच में जो हुल्लड़ लोगों का सुनाई देता था, वो भी दूर हो चुका था। मुहल्ला ख़ाली हो रहा था। कभी-कभी शोर का रेला

उठता था, जैसे कहीं कोई मैच चल रहा हो। कोई विकिट गयी या किसी ने छक्का मारा। वरना एक ही मुसलसल आवाज़ छप्पर की, बारिश की, पानी के बहाओ की, जैसे आसमान लोरी सुना रहा था, और आँखें भारी होने लगी थी।

जो निकल सके निकल गये थे, और दूर बिल्डिंगों की छतों पर, हस्पतालों के बरामदों में, स्कूलों के कमरों में जाकर पनाह ले रहे थे। कृष्णा हस्पताल के एक बरामदे में घुटी बैठी थी। उसे किसी ने ख़बर नहीं दी। शोभा को लोगों ने पानी में डूबते देखा था। कुछ कहते हैं, किसी साँप ने डस लिया, जो कई जगह पानी में तैरते नज़र आ रहे थे।

शाम ढलने से पहले दो नौजवान लड़कों ने कमर में रस्सा बाँध कर दामू की खोली तक पहुँचने की कोशिश की। लेकिन अन्दर दाख़िल न हो सके। उनकी गर्दनों तक पानी आ चुका था। बकरी दरवाज़े में उलटी अटकी हुई थी। मर चुकी थी। दीवार के पास का अंडर करंट (निचला बहाव) बहुत तेज़ था। पीछे की खिड़की पानी में डूब चुकी थी। दामू ने किसी तरह बर्तनों वाला टेबल (मेज़) तख़्त पर खैंच कर खुर्ची (कुर्सी) उसके ऊपर खैंच ली थी। कुछ बर्तन पानी के ऊपर तैर रहे थे – कुछ बह गये। बारिश और पानी के शोर से कान फट रहे थे। लड़कों ने बहुत आवाज़ें दी दामू को।

लेकिन वो एक हाथ में बोतल पकड़े, दूसरे हाथ में एक लम्बी लकड़ी से पानी पर तैरते टमाटर और खीरे पकड़ रहा था। जैसे कोई मछलियों को घेर रहा हो, और हँस रहा था। बाहर निकलने की, न उसने सुनी, न कही, और शायद सोची भी नहीं। वो अभी तक पानी के ऊपर था – और आसमान से ज़िद लगी थी, यह झड़ी कौन पहले बन्द करता है!

सारथी!

गेटवे ऑफ़ इंडिया से सुबह साढ़े सात बजे पहली स्टीम बोट छूटती थी, एलिफ़ेंटा क्येवज़ के लिये। इसलिये मारुति को साढ़े छह बजे पहुँचना पड़ता था। पहले झाड़ू लगाना, मुसाफ़िरों का फेंका हुआ कचरा उठाना, फिर पानी से धोना पूरी बोट को, और उसके बाद सूखे कटके से तमाम बेंच और कुर्सियाँ ख़ुश्क करना। रोज़मर्रा का काम था। मालिक ख़ुश था उसके काम से – लेकिन गाली बहुत देता था। दिल से तो नहीं देता था लेकिन ज़ुबान से भी कम गंदी तो नहीं लगती थी, जब वो माँ बहन एक करता था। आधी लुंगी मारे, माथे पर चौड़ा एक छह उँगलियाँ तिलक लगाये। बहुत सुबह ही भगवान को उठा देता होगा... बोट की धुलाई सफ़ाई होते होते... तब तक किनारे पर मुसाफ़िरों की भीड़ जमा होना शुरू हो जाती थी। पहली बोट में अमूमन एजेंट लोगों के ग्रुप रहते थे और बेश्तर ग़ैर मुलकी, अमरीकी, जापानी बल्कि अक्सर ये होता कि पहले ग्रुप के लोग तो सामने ताज होटल ही से निकल कर आ जाते थे। छोटे-छोटे बैग पकड़े, टोपियाँ लगाये, कैमरे और दूरबीन लटकाये... लेकिन मुश्किल होती थी जब पहली बोट की रवानगी के बाद दूसरी बोट की सफ़ाई करनी पड़ती थी। पहली बोट के बचे हुए लोग और दूसरी बोट का बढ़ता हुआ घटिया दर्जे के लोगों का हुजूम, दबाव डाल देता था। सुबह-सुबह की नर्म और तर गालियों के बाद अब ख़ुश्क और संटी की तरह लहराती हुई गालियाँ बरसने लगती थीं। जिनकी तेज़ी धूप

के साथ-साथ चढ़ने लगती थी।

तीन कश्तियाँ थी उसके मालिक नरसिंघा राव के पास। एलिफ़ेंटा तक जाना, मुसाफ़िर उतारना, मुसाफ़िर भरना और लौट आना। गेटवे की धैया छूना और फिर लौट लेना। मुसाफ़िरों के चटपटे खानों के मुचड़े हुए लिफ़ाफ़े, मूँगफली, सन्तरे, चॉकलेट और टॉफ़ियों के रैपर, मुसाफ़िरों की उलटियाँ, झुँझला के फेंके हुए निर्विद के पैकिट, टूटी माला के दाने, किसी की टोपी, किसी का रूमाल। मारुति की बाहें थक जाती थीं उठाते जमा करते और कचरे के ड्रम में भरते। समन्दर में फेंकना मना था, लेकिन उसने किसी मुसाफ़िर को ऐसा करने से कभी नहीं रोका। जितना काम हलका हो सके, होने दो... मुसाफ़िरों की उलटियाँ धोने का काम सब से मुश्किल था। पहले पहल समन्दर पे सफ़र करने वालों के लिये यह आम रोग था। आदतन लोग समन्दर की तरफ़ झुककर क़ै करते थे और इस कोशिश में ज़्यादातर अपने कपड़ों और बेंचों पर गिरा देते थे। हाई टाइड में तो बहुत ही बुरा हाल होता था लोगों का। खाया पिया बाहर आ जाता। टंकी से पानी भरके फ़ौरन साफ़ करने का हुक्म था नरसिंघा राव का। मारुति की कमर दोहरी हो जाती थी। कभी-कभी तो बोट के सुपिरियर की लात भी पड़ जाती थी। बोट पर सब से निचले दरजे का था – वो मेहतर कहलाता था। इसलिए कोई कुछ भी कह देता था। इंजन के कप्तान खाना तो डब्बे में लाते थे, लेकिन खाते बर्तनों में थे और उसे दोनों ही धोने पड़ते थे। बर्तन भी, डिब्बा भी। और वापसी से पहले उनकी बासकिट भी तैयार करनी पड़ती थी।

मुसलसल दस घंटे बोट पर हिलते रहने से, समन्दर की टाइड के साथ इधर-उधर लुढ़कते रहने और अपना तवाज़न सँभालने से जब शाम की आख़री बोट वापस आ कर किनारे लगी तो मारुति के जिस्म के सारे जोड़ ढीले हो चुके थे। अब बोट को साफ़ करने का दम ना था उस में। नरसिंघा राव ने माँ की गाली से पुकार के कहा भी।

“अबे क्यूँ नहीं सफ़ाई कर लेता अभी। सुबह-सुबह जो कल आकर फिर से अपनी...! तेरा ही काम बचेगा।”

मारुति में जवाब देने की भी हिम्मत नहीं थी। हाथ झुला कर ही समझा दिया...

“सुबह कर लूँगा। अब दम नहीं है।”

बम्बई की सड़कों पर ठेलती हुई भीड़ में छिलता छिलाता चर्चगेट के स्टेशन से आकर लोकल पकड़ी – तो खड़े-खड़े गर्दन झूल गयी, आँखें बन्द होने लगीं। जोगेश्वरी स्टेशन पर हुजूम ने अपने आप धकेल के बाहर फेंक दिया – रोज़ का मामूल था। उसका भी हुजूम का भी।

किसी तरह ख़ुद को टाँगों पर सँभाले हाइवे के पास पहाड़ी पर बने, सावन्त नगर के झोपड़पट्टी की खोली नम्बर 109 में दाख़िल हुआ। लकड़ी के तख़्त पर बिखरे मैले कपड़े, डिब्बे सामान धकेल कर ढेर हो गया। तुलसी बाई कलसी से ताज़ा पानी चमकते हुए पीतल के गिलास में भरके ले आयी और रोज़ की तरह वही कहती...

“काये रे, थकलास का?... घे पाणी घे।”

कुहनी के बल उठकर पानी का गिलास ग़ट ग़ट करता पी गया। तुलसी पास आकर बैठ गयी। धीरे धीरे पाँव दबाने लगी, और सारे दिन की दास्तान बता दी।

“लक्ष्मी आयी थी ससुराल से – समधी भावजी नासिक गये हैं।”

मारुति ने ऑखें बन्द कर लीं। एक वक़्फ़ा गुज़रा। तुलसी फिर बोलीः “छोटी बहुत दुष्ट हो गयी है। मुझे तो नानी कहती है, तुम्हें नाम से बुलाती है – अपनी तोतली ज़ुबान में कई बार पूछाः ‘मालूती’ कब आयेगा?...”

मारुति के चेहरे पर मुस्कुराहट आ गयी।

"हिंदी बोलती है?"

"हऊ!"

"मराठी नहीं सीखी?"

"सीख जायेगी।"

दिन की थकान कुछ कम होने लगी -- हाथ खेंच के सर के नीचे रख लिया और पूछा।

"वापस कैसे गयी?"

"वापस कहाँ गयी? फ़िल्म देखने गये हैं।"

"छोटी भी?"

"हाँ... छोड़ती ही नहीं माँ को, तो क्या करते? ले गये साथ में।"

मारुति 'हूँ' कह के चुप हो गया। एक लम्बी साँस ली।

"और कार्तिक कहाँ है?"

"आज फिर स्कूल में किसी से लड़ के आ गया।"

"उस की तो माँ की...

मारुति ने करवट ली और उठ कर बैठ गया।

"साला रोज़ पिट के आ जाता है! घाटी कहीं का! मराठियांची, नाक कापली।"

तुलसी भी उठ गयी।

"चलो मुँह हाथ धो लो। पोहे बना के रखे हैं। थोड़े खा लो।"

तौलिया खेंचा, और मोरी में नहाने बैठ गया... "कुर्ता-धोती निकाल दे मेरा।"

चूल्हा जल गया। बत्ती जल गयी। मारुति ने नहा के कोने में रखी मूर्ति के सामने हाथ जोड़े, कुछ बुदबुदाया और धुला हुआ धोती कुर्ता पहन कर तैयार हो गया। इतने में कार्तिक आ गया। टाँग में हाथ डाल के उठाया, उसे तख़्त पर पटख़ा और दबा लिया नीचे...

"चल साला, कुश्ती लड़ अपुन के साथ।"

कार्तिक को गुदगुदी हुई। मारुति बोला—

"कल से रोज़ कड़वे तेलची मालिश करा, और अखाड़े में जाके वरज़िश करा। पुस्तक फुस्तक पढ़ के ग्यान देव बन के कुछ नहीं होगा।"

कार्तिक हँसता रहा। तुलसी चूल्हे पर बैठी-बैठी बोली।

"क्या उल्टी पट्टी पढ़ा रहे हो उसे।"

"ठीक बोल रहा हूँ। मराठियान्चा पोत मराठाच होनार।"

इतने में बाबू आ गया। खोली के बाहर से आवाज़ दी।

"क्या मारुति? पाटकर की मीटिंग में चलना है कि नहीं?"

मारुति अन्दर ही से बोलाः "धत साला। मालूम है उसकी मीटिंग में क्यों जाते हैं? बाई बोलती है तू सामने बैठ के राने खुजाता रहता है।"

तुलसी ने रसोई में बैठे-बैठे दोनों मर्दों को मोटी सी गाली दी।

"हलकट साले!"

मारुति बाहर निकल गया।

"सुनी... मेरी बाई की बोली सुनी।"

मीटिंग ख़त्म होने के बाद, दारूख़ाने में बैठ कर बहुत बहस हुई। बाबा अम्बेडकर से लेकर मेधा पाटकर तक, चौहान से लेकर पवार तक सबके बाल-ओ-पर सामने बिछा के रख दिये गये।

आधी रात जब गली में दो-तीन बेवड़े शोर करते लौटे तो तुलसी फिर चारपाई छोड़ के उठ गयी... इस्टोव जलाया और खाना गर्म करने लगी। दामाद गली में चारपाई पे सो रहा था – मारुति की चारपाई साथ ही में बिछी हुई थी। मारुति हँसता हुआ अन्दर आया – लक्ष्मी छोटी को लेकर सो रही थी। दोनों के सर पर हाथ रखा – छोटी के गाल टेप दिये।

"मालूतीची आयी।"

तुलसी ने डाँटा, ''अब उसे जगाना मत।''

कार्तिक तख़्त पर सो रहा था। लक्ष्मी की आँख खुल गयी। उठ के बापू के गले लग गयी, छोटी भी जाग गयी। कार्तिक ने करवट ली और बुड़बुड़ाया... ''बापू!'' दामाद ने आकर प्रणाम किया।

और मारुति उस वक़्त स्टीम बोट का मेहतर नहीं। अपने परिवार का कप्तान लग रहा था। अपने सात घोड़ों वाले रथ का सारथी!!

फ़ुटपाथ से

दगड़ू को फिर उसी कुत्ते ने काट लिया। तीसरी बार। उसे समझ नहीं आया कि उसके जिस्म में ऐसी कौन सी ख़ुशबू बसी है, जो 'शेंडी' को पसन्द है। शेंडी कुत्ते का नाम था।

बहराम ने कहाः "ख़ुशबू नहीं बे, बू आती है उसे। जो बर्दाशत नहीं कर पाता।"

दगड़ू ने शिकायत की, "लेकिन सोता भी तो मेरे पास ही है! लाख भगाता हूँ। पता नहीं रात में कब आ के साला मेरे पास सो जाता है।"

हीरा पता नहीं क्या सोच के ज़ोर से हँस पड़ी। बोलीः

"तीन बार बहुत हो गया!... इसके बाद तू काटना उसे।"

बान्दरा के इस फ़ुटपाथ पर हीरा सब से अलग चीज़ थी। बहुत कुछ कर लेती थी। सूरज से पहले उठती थी और दो घंटे में खार, बान्दरा के आधे से ज़्यादा कचरे के डिब्बे छान आती थी। डिब्बा ढक्कन जो मिलता बोरी में डाल लेती थी। एक दो बियर की बोतलें मिल जायें तो अच्छे पैसे बन जाते थे। वरना आजकल तो मालिक लोग रद्दी के पेपर भी खुद ही बेचते थे। ये उसी की खोज थी कि हस्पतालों के फेंके हुए इंजेक्शन भी बिकने लगे थे। बड़ी जान थी हीरा में। सारा दिन कुछ न कुछ लगी रहती थी। ट्रेफ़िक जाम हो जाये तो, बेवड़े का खुजली भरा बच्चा उठा के गाड़ियों में भीख भी माँग आती थी। बेवड़ा बच्चे का किराया ले लेता था।

जब बालू था तो रात को दो ईंटें रख के, भीख गर्म करती थी। बेकरी वाले से पाव रोटी भी ले आती थी। खा पी के एक कटे कन्सतर जैसा पतीला था, कुछ अलमोनियम के बर्तन थे। पीछे खाड़ी के पानी में धो के, ऊपर टांग देती पेड़ पर। जब से बालू उसे छोड़ कर 'दूसरी' के साथ जाकर बस गया था, उसने रोटी-वोटी पकाना छोड़ दिया था, किस के लिये करती? उन्हीं दिनों भीकू को सूँघ लग गयी। तभी से भीकू उसके पीछे लगा था, उस की 'अपनी' तो चलने फिरने से भी लाचार थी। दिन-रात झोंपड़ी में पड़ी रहती थी।

भीकू दिल का बुरा नहीं था। लेकिन वही शेंडी की दुम की तरह टेढ़े का टेढ़ा! और उसी की तरह खुजाता हुआ, हर दूसरे तीसरे आ-धमकता। वो माहिम वाले फ़ुटपाथ का रहने वाला था। एक बार बड़ी भारी बारिशें आयीं मुम्बई में। सारे फ़ुटपाथ बह गये। सभी को ठिकाने ढूँढ़ने पड़े। भीकू ने बड़ा साथ दिया। 'तिलक' ब्रिज के नीचे एक जगह बना दी। उसकी माहिमवाली झोंपड़ी से बहुत दूर भी नहीं थी। बस उन्हीं बारिशों में उसने दो बार काटा था उसे। अच्छा हुआ, दो महीने बाद अपने आप पेट गिर गया हीरा का। और वो वापस बान्दरा वाले फ़ुटपाथ पर आ गयी। दगड़ू, शेंडी, बेवड़े के पास। ये मर्द, सब एक से होते हैं। कहता था, वारिस चाहिए उसे। एक झोंपड़ी और एक कपड़े टाँगने की रस्सी लिये घूमता था और वारिस चाहिए!!

बहराम की आदतें फ़ुटपाथियों जैसी नहीं थीं, कम बोलता था लेकिन अन्दर बड़े पेच थे। वो कार वालों से बड़े पंगे लिया करता था। मोड़ मुड़ती हुई कार से टकरा के ऐसे गिरता था कि लगता था जान ही चली गयी। लोग जमा होते। हल्ला मच जाता। कार वाला हाथ जोड़ के पैसे दे जाता। देर रात को, होटल के बाहर किसी ऐसी गाड़ी वाले से पंगा लेना जो पी के निकल रहा हो या जिसके साथ कोई औरत हो... कहता था–

"ऐसे लोग बड़ी जल्दी बटवा ढीला करते हैं। आसामी छोटी है कि मोटी बटवे से पता चल जाता है।"

कोई बहुत बड़ा हाथ लगता तो बहराम कई-कई दिन अपने फ़ुटपाथ से ग़ायब रहता। सीधा साइन की 'झुग्गी वालियों' के यहाँ जा बसता। दिन भी वहीं, रात भी वहीं। तबियत से बड़ा रईस था। वहाँ उसकी कोई दिल पसन्द भी थी। लेकिन नाम कभी नहीं बताया। एक बार इतना कहा थाः

"चाँदी के काँटे बना के दिये। माँ क़सम क्या लगती थी।"

"शादी क्यूँ नहीं बना लेता?" हीरा ने कहा था।

ज़रा मुस्कुराया – बोलाः

"कमायेगा कौन?"

उन्हीं दिनों उसने सुना, बालू, 'दूसरी' की बेटी को लेकर भाग गया। कहाँ गया, पता नहीं। 'दूसरी' गंडासा लेकर हीरा पर चढ़ आयी।

"कहाँ है खसम तेरा। साला, कुत्ता! ज़ात पात तो छोड़ी, धर्म शर्म भी छोड़ गया। माँ बेटी दोनों के साथ..." और क्या कुछ नहीं कहा उसने। जब बोलती थी तो लम्बे दाँत बाहर आ जाते और जबड़ा पूरा खुल जाता। शेंडी की तरह!

वैसे हीरा दिल में बहुत खुश थी। पर बोली नहीं। एक ही झटके में बालों से पकड़ के गिरा लिया उसने। और उसी का गंडासा गर्दन पे रख दिया।

"भेन की... भून के शेंडी को डाल दूँगी फिर कभी इस फ़ुटपाथ पर आयी तो!" ...वो दिन और ये दिन, फिर नहीं आई बालू की वो... क्या नाम था... दूसरी!

भीकू, उस दिन भी आया था। हीरा ने रोटी नहीं डाली। दिल में ग़म

तो था। बालू वापस नहीं आया। अब दो औरत दूर हो गया था। भीकू ने उस बात को हवा दी।

"मुझे तो मालूम था, वो हराम का ऐसा ही है। याद है कैरला की एक लड़की आयी थी फ़ुटपाथ पर! बालू मजूर (मज़दूर) कलास में जाकर सोने लग गया था।"

हीरा चुपचाप सुनती रही। और वो बोलता रहा।

"जहाँ हड्डी बोटी देखी, वहीं दुम हिलाता चल देता है। तेरा क्या ख़याल है उस छोकरी के साथ रहेगा देवल में?"

"किस देवल में?"

"कलयान में! सायें का देवल है ना!"

हीरा को पता नहीं क्या सूझी। एक रोज़ चल दी वहाँ, और भीकू को साथ ले गयी। ढाई सौ सीढ़ी चढ़ के भी बालू नहीं मिला। सारा देवल ढूँढ़ा, चौगर्दा ढूँढ़ा, नौ दिन रही वहाँ भीकू के साथ। न सायें मिला न बालू। वो तीसरी बार था भीकू ने काट लिया। इस बार तो बोटी ही नोच के ले गया। अगरी पाड़े वाली दाई ने पेट साफ़ किया। डेढ़ महीना, न भीक माँगी, न और कोई धंधा किया...!

भीकू से रूठ गयी वो। तंग आ गयी उस से। जब आता भगा देती। बस लात ही नहीं मारी उसकी...! फिर भी पता नहीं हर दूसरे चौथे, रात के अँधेरे में आता, और उस से लग के पड़ा रहता था, बदबू आने लगी थी उस से। वैसी ही जैसी दगड़ू को शेंडी से आती थी।

अचानक ही भीकू की 'अपनी' मर गयी। मरी तो नाम बताया 'सीता'! जैसी भी थी, भीकू ने सेवा बहुत की थी उसकी। बहुत सम्मान दिया उसे। पूरे पैसे दिये और शमशान में ले जाकर जलाया।

हीरा का दिल पसीज गया। कुछ दिन के लिये माहिम वाली झोंपड़ी में आकर रह गयी। एक बार तो जी चाहा उसी के साथ बस जाये। अन्त तो अच्छा होगा। लेकिन सीता के मरने के बाद भीकू बिखर गया था। कहाँ तो हमेशा रात को उसके पास आ कर पड़ा रहता था, और अब रात को ग़ायब होता तो कई-कई दिन बाद लौटता था। कुछ जादू टोने वालों के पीछे भागने लगा था। कोई तान्त्रिक साधुओं की टोली मिल गयी थी। पता नहीं क्या ढूँढ़ रहा था। सीता को बहुत याद करता था...

बारह महीने के बाद की बात है। पता नहीं क्या हुआ, हीरा अपने बान्दरा वाले फ़ुटपाथ पर वापस लौट आयी। दगड़ू की तो टांग ही नासूर हो गयी थी।

बहराम ने कई बार कहा थाः "अबे म्युनिस्पलटी में चला जा, इंजेक्शन लगवा ले। नहीं तो किसी दिन भौंकता हुआ उठेगा।"

लेकिन दगड़ू नहीं गया!

हीरा ने भी कहा– "चला जा, नहीं तो किसी दिन टाँग कटवानी पड़ जायेगी!"

और वही हुआ...!

जिस दिन टाँग कटी, हीरा साथ में थी। पहले तो बेहोश किया उसे। और फिर पूरा दिन लग गया होश में आते। जब होश में आया तो बहुत रोया। हस्पताल वालों ने पूरे पच्चीस दिन रखा। हीरा बताती थी–

"मान न मान, शेंडी पच्चीस दिन तक हस्पताल के बाहर बैठा रहा।"

हस्पताल से आयी तो हीरा, दगड़ू और शेंडी के साथ ही बस गयी। हीरा ने फिर से अलमोनियम के कुछ बर्तन जोड़ लिये। एक कोने

में चार ईंटों का चूल्हा भी बना लिया। और दगड़ू के लिये पकाने भी लग गयी। फिर, सूरज से पहल उठने लगी थी। और खार, बान्दरा के आधे से ज़्यादा कचरे के डिब्बे छान आती।

पता नहीं कैसे एक दिन, एक गाड़ी ने शेंडी को उड़ा दिया। बड़ी तकलीफ़ हुई दोनों को। हीरा भी बहुत रोयी। उस दिन बोलीः

"जब भीकू मरा था गाड़ी से टकरा के, ऐसा ही हुआ था।"

दगड़ू ने पूछा, "क्या हुआ था?"

"रात को उठा था पेशाब करने के लिये। सड़क के पार जा रहा था। रेलवे लाइन की तरफ़। उधर से एक कार आयी। बहुत तेज़... और उड़ा दिया। गिरा जब ऊपर से निकल गयी। रोका भी नहीं साले ने! सुबह म्युनिस्पलटी की गाड़ी आयी। इधर-उधर पूछा। मैं बोली नहीं।

क्या करती? कौन जाता पोलिस में? और फिर लाश लेकर जलाता कौन? म्युनिस्पलटी की गाड़ी ले गयी। ऐसे ही, जैसे शेंडी को घसीट के ले गयी! फ़ुटपाथ की ज़िन्दगी साला ऐसी इच है!"

आँखों को वीज़ा नहीं लगता, सपनों की सरहद होती नहीं
बन्द आँखों से रोज़ मैं सरहद पार चला जाता हूँ!

एल.ओ.सी
(L.O.C)

1948 की झड़प के बाद... हिन्दुस्तान के बॉर्डर पर, फ़ौजें तक़रीबन बस चुकी थीं। बैरकें (Barracks) भी पक्की हो गयी थीं और बंकर भी... 1965 तक के पन्द्रह सालों में, एक रेवायत सी बन गयी थी। फ़ौजी टुकड़ियों के आने, बसने और विदा होने की। बार्डर की ज़िन्दगी ने अपने आप एक निज़ाम बना लिया था। दोनों तरफ़ की धुआँदार तक़रीरों के पीछे, बन्दूक़ों की आइरिंग फ़ाइरिंग का मामूल भी बन गया था। नॉरमल मामूल यही था के जब भी कोई वज़ीर दौरे पर आता तो, आस-पास के इलाक़ों में फ़ौजी फ़ाइरिंग करते थे। और कभी-कभी किसी गाँव में घुस कर कुछ भेड़ बकरियाँ उठा कर ले जाते और रात को कैम्प में दावत हो जाती। कुछ सिविलयन (civilian) मारे जाते, तो अख़बारों को सुर्ख़ियाँ मिल जातीं और लीडरों को तक़रीरों के लिये मवाद मिल जाता। LOC एक ज़िन्दा तार की तरह सुलगती रहती। कभी बहुत बड़ा वक़्फ़ा आ जाता इस आपसी जंगबाज़ी में, तो लगता जैसे रस्म-व-राह ही नहीं रही। तालुक़ात ठंडे पड़ गये। तालुक़ात ताज़ा करने के लिये, फिर कुछ दिन आतिश बाज़ी कर लेते, ख़ून गर्म हो जाता। कुछ जवान इधर मारे जाते और कुछ जवान उधर मारे जाते। ख़बरों में एक गिनती का ज़िक्र होता, पाँच इधर मारे गये, सात उस तरफ़... और जमा तफ़रीक़ का हिसाब बन जाता।

दोनों तरफ़ के बंकर भी कोई दूर नहीं थे। कभी यूँ भी होता था कि उधर की पहाड़ी से किसी ने कोई बोली या माहिया गा दिया।

"दो पुत्तर अनाराँ दे
साढी गली लंग माहिया
हाल पुछ जा बिमाराँ दे।"

तो इधर के सिपाही ने गा के जवाब दियाः

"दो पुत्तर अनाराँ दे
पहरे नहीं हड दे चनाँ
तेरे भैड़े भैड़े याराँ दे।"

आमने-सामने की पहाड़ियाँ भी, बस कन्धों ही की दूरी पर थीं। झुक जायें तो शायद गले ही लग जायें। उधर की अज़ान इस तरफ़ सुनाई देती थी। और इधर की उस तरफ़।

मेजर कुलवन्त सिंह ने एक बार अपने जूनियर कैप्टन से पूछा भी था।

"ओय, अपनी तरफ़ तो बाँग एक ही बार हुआ करती थी। ये आधे घंटे बाद फिर कैसे शुरू हो गयी....?"

मजीद हँस पड़ा था।

"उस तरफ़ की है सर! पाकिस्तान का वक़्त हम से आधा घंटे पीछे है ना।"

"तो तुम कौन सी बाँग पर नमाज़ पढ़ने जाते हो?"

"जो जिस दिन सुट कर जाये, सर!" और सैल्यूट मार के चला गया था।"

कुलवन्त ने कहा था, उस नौजवान कैप्टन मजीद में कोई बात तो है कि बड़ी जल्दी मुँह लग गया। उसकी मुस्कुराहट यूँ बोलती थी जैसे मेरा ही हाथ पकड़ के बड़ा हुआ है।

एक रोज़ मजीद अहमद, रात के वक़्त इजाज़त लेकर उसके

ख़ैमे में दाख़िल हुआ और एक टिफ़िन लाकर दिया।

"क्या है?"

"गोश्त है सर, घर में पकाया है।"

कुलवन्त अपना गिलास तपाई पे रख के खड़ा हो गया।

"अच्छा?... अचानक ये कैसे भई?"

"आज बक़रीद थी सर! क़ुर्बानी का गोश्त है, खायेंगे ना?"

"हाँ भई क्यों नहीं..." कुलवन्त ने खुद उठकर टिफ़िन खोला और भूने गोश्त की एक बोटी निकालते हुए कहा...

"मेक ए ड्रिंक फ़ॉर योर सेल्फ़!"

"नो सर! थैंक्यू सर!"

"कम ऑन... ड्रिंक बनाओ... ईद मुबारक!"

बोटी हाथ में झुलाते हुए वो तीन बार मजीद के गले मिला था।

"किसी ज़माने में फत्तू मासी खिलाया करती थी। मुशत्ताक़ की अम्मी, सहारनपूर में। काले चने की घुंघनियाँ और भुना गोश्त खाया है कभी?"

मजीद कुछ कहते-कहते रुक गया... फिर बोला–

"मेरी बहन ने भेजा है सर।"

"वो यहाँ है? कश्मीर में?"

"सर है यहीं, कश्मीर में लेकिन..."

"लेकिन क्या?..."

"ज़रगुल में है, उस तरफ़!"

"अरे?..." कुलवन्त दायें हाथ से बोटी चूस रहा था और बायें हाथ से उसने व्हिस्की का गिलास बना कर मजीद को पेश किया।

"चियर्ज़... और फिर से ईद मुबारक।"

चियर्ज़ के बाद कुलवन्त ने फिर पूछा... "तो टिफ़िन भेजा कैसे तुम्हारी बहन ने?"

मजीद थोड़ा-सा बेचैन (Uncomfortable) महसूस करने लगा, कुलवन्त ने फ़ौजियों की तरह सख़्ती से पूछा–

"तुम गये थे उस तरफ़?"

"नो सर!... नेवर, हरगिज़ नहीं!"

"तो...!"

"मेरे बहनोई उस तरफ़ लेफ़्टिनेंट कमांडर हैं। बहन मिलने आयी थी।"

कुलवन्त ने गिलास उठाया, सिप लिया। टिफ़िन बन्द किया और मजीद के सामने आकर खड़ा हो गया।

"हाओ डिड यू मैनेज दैट... क्या बन्दोबस्त किया था?"

मजीद चुप रहा।

"क्या बन्दोबस्त था?"

रुकते-रुकते मजीद ने बताया...

"नीचे गाँव में बहुत से लोग हैं जिनके घर इस तरफ़ हैं और खेतियाँ उस तरफ़। इसी तरह उस तरफ़ भी ऐसे ही कुछ गाँव हैं, जिनके घर और खेत बँटे हुए हैं। ख़ानदान भी, रिश्तेदार भी।"

अल्फ़ाज़ से ज़्यादा कुलवन्त सिंह को कैप्टन मजीद की आवाज़ पर यक़ीन था। थोड़े से वक़्फ़े के बाद कुलवन्त ने जब पिलेट में गोश्त निकाला तो मजीद ने बताया।

"उस तरफ़ के कमान्डर आपके दोस्त हैं सर! मैंने आपका एक आर्टिकल पढ़ा था इसलिए जानता हूँ।"

कुलवन्त सिंह का हाथ रुक गया। फ़ौरन एक नाम का शक हुआ उसे। और जब मजीद ने नाम लिया तो उसकी आँखें भर आयीं।

"मुश्ताक़ अहमद खोखर... सहारनपुर से!"

कुलवन्त का हाथ काँप गया। और वो ख़ेमे की खिड़की के पास जाकर खड़ा हो गया, बाहर कुछ फ़ौजी क़दम मिला कर कैम्प क्रॉस

कर रहे थे। मजीद ने धीमी-सी आवाज़ में कहाः

"कमान्डर मुश्ताक़ अहमद, मेरी बहन के ससुर हैं सर!"

"ससुर...? ओये नसीमा के बेटे से शादी हुई तुम्हारी बहन की?"

"जी...!"

कुलवन्त ने तेज़ी से कहा! "ओये तू..." इससे आगे वो कुछ नहीं कह पाया, उसका गला रूँध गया। कुलवन्त ने जब गिलास उठाया तो लगा वो कुछ निगलने की कोशिश कर रहा है।

मुश्ताक़ और कुलवन्त दोनों सहारनपुर के थे। किसी ज़माने में एक साथ 'दून कॉलेज' में पढ़ते थे। और दोनों ने 'दून मिलिट्री एकेडमी' में ट्रेनिंग ली थी। मुश्ताक़ की अम्मी और कुलवन्त की बेजी बड़ी पक्की सहेलियाँ थीं। फिर मुलक तक़सीम हो गया। फ़ौजें भी तक़सीम हो गयीं। मुश्ताक़ अपने ख़ानदान समेत पाकिस्तान चला गया। और कुलवन्त यहीं रहा। दोनों ख़ानदानों में उसके बाद कोई मेल न रहा।

चन्द रोज़ बाद कुलवन्त ने अपने एक जूनियर विश्वा को साथ लिया और कैम्प से दूर एक पहाड़ी की आड़ से उसने मुश्ताक़ को वायरलेस पर कॉन्टेक्ट कर लिया। कुछ हैरानी के बाद दोनों दोस्तों ने पंजाबी में ऐसी चुनी-चुनी गालियाँ दीं एक-दूसरे को, कि दोनों के सीने खुल गये और आँखें बहने लगीं। जब साँस में साँस आयीं तो कुलवन्ताने पूछा। "फतू मासी कैसी हैं?"

मुश्ताक़ ने बताया, "अम्मी बहुत ज़ईफ़ हो गयी हैं। एक मन्नत माँगी थी उन्होंने कि अजमेरशरीफ़ जाकर 'ख़्वाजा मोइन चिश्ती' के मज़ार पे अपने हाथों से चादर चढ़ायेंगी। दिन रात मन्नत को तरसती हैं, और राबिया बच्चों को छोड़ कर जा नहीं सकती। राबिया को तू नहीं जानता।"

“जानता हूँ! मजीद की बहन है राबिया, है ना?”
“तुझे कैसे मालूम?”
“मजीद मेरा जूनियर है भई...!”

“ओये...” फिर एक लम्बी सी बौछाड़ गालियों के साथ, आँखों से गुज़र गयी।

“उसका ख़याल रखियो ओये...” मुशताक़ ने रूँधे गले से कहा।

फिर दोनों में तैय पाया, कि मुशताक़ किसी तरह अम्मी को वाघा तक पहुँचा देगा। वहाँ से, कुलवन्त की बीवी, संतोष आकर उन्हें दिल्ली ले जायेगी, अपने घर। अजमेरशरीफ़ की ज़ियारत करा देगी और जाकर सहारनपुर छोड़ आयेगी, बेजी के पास। अम्मी के साथ कुछ दिन बहुत अच्छे कटेंगे। मुश्ताक़ के सीने से बहुत बड़ा बोझ हट गया।

फिर एक रोज़ ... मुश्ताक़ का पैग़ाम आया, अम्मी को वीज़ा मिल गया है। कुलवन्त ने संतोष के साथ (बार्डर पर मिलने की) तारीख़ तैय कर दी। सब इंतेज़ाम हो चुके थे, बस मुश्ताक़ को ख़बर करना बाक़ी था। उसी दिन डिफ़ेंस मिनिस्टर एल.ओ.सी पर आ धमके और दोनों तरफ़ से ताक़त के मुज़ाहरे शुरू हो गये। कुलवन्त जानता था के ये झक्कड़ दो एक रोज़ में गुज़र जायेगा। वायरलेस पर न भी राबता क़ायेम हुआ तो किया...! नीचे गाँव में जाकर किसी को उस तरफ़ भेजने की ही तो बात है। मजीद को वसीला भी पता है। फिर भी फ़िक्र ना गयी। संतोष बताती थी कि अब तो बेजी-जी रोज़ डाक ख़ाने से फ़ोन कर के पूछ लेती हैं।

“नी फत्तू आ रही है न?... तू वाघा पहुँच जायेगी। पहचान लेगी कि मैं साथ चलूँ?”

मजीद ने ख़बर दी... "सर पाकिस्तान की तरफ़ से शैलिंग बहुत तेज़ हो गयी है।" कुलवन्त चिढ़ा हुआ बैठा था... बोलाः

"ओ खसमानों खाये पाकिस्तान, फत्तू मासी का क्या होगा?"

पहली सितम्बर के दिन, पाकिस्तानी फ़ौजों ने, 'चम्भ' पर हमला किया और एल.ओ.सी. के अन्दर चली आयीं।

28 अगस्त हिन्दुस्तानी फ़ौजों ने 'हाजी पीर' अपने क़ब्ज़े में ले लिया। उसी दिन की ख़बर है, 28 अगस्त 1965... ...सहारनपुर में फत्तू मासी घुँघनियाँ वाला गोश्त पका रही थीं। बेजी ने काले चने उबाले थे। और एल.ओ.सी. पर ग्यारह फ़ौजी हलाक हो गये, जिन में एक मेजर कुलवन्त सिंह था।

ओवर

बुझारत सिंह को वायरलेस पर बात करते-करते, ऐसी आदत हो गयी थी कि कोई बात हो, ख़त्म करते ही, 'ओवर' बोल देता था। हम उसके पास खड़े थे, बोलाः "आप जी, उधर से चारपाई खैंच के बैठ जाओ नां! ओवर!!"

हम लोगों ने चारपाई खैंच ली। गोपी ने फुसफुसा के पूछा मुझ से।

"बुझारत सिंह भी क्या नाम हुआ?"

मैंने कन्धे झटक दिये। "अब है तो है!"

बुझारत सिंह देर से एक वायरलेस पर बात कर रहा था।

"चार हट्टे कट्टे आदमी बिठाल के उसकी पीठ पे, और भगा ले ससुरे को। अपने आप ठीक हो जायेगा – ओवर!"

फिर उधर से कुछ जवाब आ रहा था... इस बीच में उसने बीड़ी जला ली। सुनकर फ़ौरन बोलाः

"टाँगों में रस्सी बाँध के डन्डे से दौड़ा लीजियो! कम से कम एक कोस दौड़ायो – ओवर!"

फिर वक़्फ़ा सुनने का... फिर बोलाः

"अरे भुक्का रखने से कुछ न होगा। मर जायेगा, बेफ़ज़ूल में। तू भी तो बेवक़ूफ़ी की बात करे है–ओवर!"

वो दूसरे किसी कैम्प में, किसी पगलाये हुए ऊँट को क़ाबू करने की तरक़ीब बता रहा था। मैं और गोपी लालटेन की दूसरी

तरफ़ सबर कर के बैठ गये।

ये जगह 'पोचीना' से कोई चालीस किलोमीटर दूर थी। हम लोग पोचीना गये थे, एक फ़िल्म शूटिंग के लिये। हिन्दुस्तान, पाकिस्तान के बॉर्डर पर। रेगिस्तान में बस छोटी-सी एक चौकी है। बहुत ही ख़ूबसूरत गाँव है। देखें तो किसी बच्चे की 'ड्राईंग बुक' में 'क्रेयन' से बनाये हुए घर लगते हैं। चौकी भी कच्चे से मकान की शकल है, अन्दर ईंटें हैं। ऊपर मिट्टी से लिपा हुआ है। दो कमरे हैं, बैरक जैसे, एक दीवार में चौकोर खाँचा कटा हुआ है। जिसमें बन्दूक़ टिका के, एक फ़ौजी, पूरी वर्दी पहन के खड़ा रहता है। ख़वामख़्वाह सा! बाक़ी सब गमछे बनियानों में इधर-उधर घूमते रहते हैं धूप में, या आपस में सरसों के तेल की मालिश करते हैं और... डंड पीलते हैं। हमारी हीरोइन के पहुँचने से बेचारों को कपड़े पहनने पड़ गये। कन्धी, पट्टी करनी पड़ गयी। हमारे डायरेक्टर साहब ने बड़ी खोज कर ये लोकेशन निकाली थी। कहीं भी खड़े हो जायें, किसी तरफ़ देख लें, दूर दूर तक लहराता हुआ रेगिस्तान नज़र आता है। और हवा बार बार सहला कर, उसकी सलवटें साफ़ करती रहती हैं।

इस चौकी से कोई दो फ़र्लांग दूर, एक सीमेंट का पत्थर लगा हुआ है, जिस के एक तरफ़ भारत लिखा है, दूसरी तरफ़ पाकिस्तान। ऐसे पत्थर, दो-दो फ़लांग के फ़ासले पर लगा दिये गये हैं। बीच में ख़ाली बंजर ज़मीन है, रेत है, मिट्टी है और कुछ नुची खुची सब्ज़ झाड़ियाँ, जिन्हें भेड़ें या ऊँट नोचते रहते हैं।

वो आज़ादी से दोनों तरफ़ घूमते रहते हैं। उन्हें देख कर मज़हब या मुलक का कुछ पता नहीं चलता। यूँ तो उनके मालिकों को देख कर भी पता नहीं चलता। लेकिन उन से पूछताछ की जा सकती है। इन से वो भी नहीं...!

हमें तीन दिन की परमिशन मिली थी, और ख़ैमे लगाने की इजाज़त थी। एक उलझन थी। लड़के तो ज़रूरी हाजत के लिये

इधर-उधर टीलों की आड़ में चले जाते थे। लड़कियाँ परेशान थीं। एक कच्ची पक्की जगह तो थी। लेकिन उस पर कोई दरवाज़ा या परदा नहीं था।

"अजी यहाँ तो रेगिस्तान ही में जा के जंगल कर आते हैं। रेत सभी काम आ जाती है। इतना पानी यहाँ कहाँ मिलेगा?"

"तो नहाने और खाने-पीने को कहाँ से आता है पानी?"

"पाइप लाइन तो है साहब जी, लेकिन कंट्रोल तो 'जैसलमेर' में है। यहाँ आते आते पूरा नहीं पड़ता। इसलिये पानी के टेंकर मँगाने पड़ते हैं। ठेकेदारों का धन्धा पानी भी चलता रहता है।"

एक ख़ैमा हमने लड़कियों की सहूलियत के लिये वक़्फ़ कर दिया। पानी बोतलों में मिल जाता था, 'बिसलैरी' का स्टॉक हमारे पास काफ़ी था। हमारी हीरोइन ने, जिन्हें हम डिम्पी जी बुलाते थे, गोलियाँ तो कई बार चलाई थीं, फ़िल्मों में। लेकिन असल बन्दूक़ से, असली गोली कभी नहीं चलाई थी। उन्होंने दीवार के खाँचे में जुड़े सिपाही से पूछा।

"इस में गोली है?"

"बिलकुल है जी!"

"देखूँ?"

सिपाही नीचे उतर आया। दीवार से लगे खोखे पर पाँव रख के डिम्पी जी ऊपर चढ़ गयी। सामने ख़ाली रेगिस्तान था। ज़मीन पर बिछा एक निहायत ख़ूबसूरत बेड कवर!

दूर दायें तरफ़, दो सब्ज़ पेड़ थे, खजेरी के और उसी के पास बैठे हुए चार छह घर।

"वहाँ कौन रहता है। उधर.....", डिम्पी जी ने पूछा।

"गडेरियों के घर हैं।"

"गाँव है?"

"गाँव ही समझ लो।"

"नाम क्या है?"

सिपाही ने कुछ झेंप कर इधर-उधर देखा। बहुत से सिपाही, हीरोइन के पीछे आकर दरवाज़े पर खड़े हो गये थे। सब मुस्कुरा रहे थे। उनमें एक सीनियर भी था। बोलाः

"जी नाम तो कोई नहीं। सब पोचीना की पूँछ कहते हैं।"

खरखरती सी एक हँसी, किसी खरे की लकीर की तरह गुज़र गयी। डिम्पी ने सीनियर से पूछा–

"मैं ये बन्दूक़ चला सकती हूँ?"

झिझक कर बोला– "हाँ जी!.... चला लो।"

"और उधर के बार्डर से किसी ने चला दी तो?"

"कोई नहीं जी। एक गोली तो हम लोग सलाम दुआ करने के लिये चलाते हैं।"

"अच्छा!... और दो गोली चलायें तो?"

सब सिपाहियों के मुँह पर एक चिपकी हुई हँसी थी। सीनियर बोला।

"सिगनल है, किसी को आना है तो आने दो। उधर से किसी को भेजना हो तो, वो भी दो बार ही चलाते हैं।"

खरये की एक और लकीर खिंचती चली गयी। सब के सब हँसे और हँसी वहीं चिपकी रही। डिम्पी जी ने उधर की चौकी को एक सलाम दाग़ दिया। ख़ाली रेगिस्तान में गोली की आवाज़ गूँजी और तैरती हुई उस तरफ़ चली गयी। गोपी अडवानी मेरे पास खड़ा था। अचानक काँप गया। उसके होंठ फड़-फड़ाये और आँखें भीग गयीं।

"क्या हुआ?" मैंने पूछा।

खिसियानी सी आवाज़ में बोला, "कुछ नहीं। उस तरफ़ सिंध है। मेरा गाँव।" और बाहर चला गया।

गोपी को यूनिट में बहुत से लोग गोपी बेबी कह के छेड़ते हैं। बहुत जज़्बाती आदमी है। माँ की बात करे तो आँखें भर आती हैं। सिंध से है। तक़सीम के बाद भी तीन चार साल वहीं स्कूल में पढ़ा था। मगर हिन्दुस्तानी महाजिरों के पहुँचने के बाद हालात और ख़राब होते गये। और उन्हें भागना पड़ा। आज अचानक सिंध को इतना क़रीब देखकर उसका जी भर आया।

उस दिन वो फिर नज़र नहीं आया। रात को ख़ैमे में भी नहीं था। डायरेक्टर ने एक बार पूछा भी तो मैं गोल कर गया।

''तबियत ठीक नहीं थी, मैंने ख़ैमे में आराम करने के लिये कह दिया है।''

लेकिन मुझे वाकयी फ़िक्र लग गयी थी। कहीं उस पार ही तो नहीं चला गया? अगली सुबह भी कहीं नहीं था, उसके बाद अगले दिन दोपहर बाद मिला मुझे। पता चला वाक़यी उस पार चल दिया था। लेकिन कुछ दूर जाने के बाद वो भटक गया था। उसने बताया।

''रेगिस्तान हर तरफ़ एक ही सा नज़र आता है। एक 'टीला' चढ़ो तो आगे फिर वही लगता है, जो पीछे छोड़ के आये हैं। एक ही तरीक़ा था मैं पैरों के निशान देख देख कर वापस आ जाऊँ। मुड़ के देखा तो वो भी मिट गये थे। मैं सचमुच डर गया था। ख़ैर हो सलमान की अल्लाह ने भेज दिया उसे।''

''वो कौन है?''

''सुन तो, बताता हूँ। जब रेगिस्तान गर्म होने लगा तो सच में ऐसा लगा, रेगिस्तान मुझ पर नाराज़ हो रहा है। क्यूँ मेरा बिछौना ख़राब करता है। उठा अपने पैर और भाग यहाँ से।

इतना बड़ा है वो, और मैं ज़रा सा। मैंने कमीज़ निकाल कर सर पे बाँध ली। कुछ देर बाद, दूर से गाने की आवाज़ आयी। बहुत दूर से, कोई माँड गा रहा था। 'पधारो म्हारे देश!' मुझे कोई नज़र नहीं

आया। मैंने कमीज़ खोल के लहरानी शुरू कर दी। उसने पता नहीं कहाँ से देखा मुझे, क्यों कि जब नज़र आया तो उसी टीले पर, जिसके नीचे मैं खड़ा था। वो ऊँट पर था, बोला—

"कोथा पियु इंचें साईं?"

"क्या बताऊँ, उस हाल (सेहरा) में उसके मुँह से सिंधी सुन के लगा जैसे माँ ने गोद में उठा लिया।"

उसने पूछा, "कहाँ से आ रहे हो?" 'पोचीना' मैंने बताया। ऊंट पर बिठा लिया उसने और दौड़ा लिया।"

"कहाँ गये थे? सिंध?" मैंने पूछा।

"नहीं, 'मियाँ जलाढ़' नाम का गाँव है। पोचीना के पीछे।" वहीं घर था सलमान का।

"तो वो था कहाँ का? इधर का या उधर का?"

गोपी ने बताया कि वो उधर से भागा हुआ एक ख़ूनी है। इस तरफ़ अपने किसी रक़ीब का ख़ून कर के भाग आया था। और मिया जलाढ़ में आ के पनाह ली थी, और फिर जिस औरत ने पनाह दी थी उसे, तीन साल बाद उसी से शादी कर ली। अब दो बच्चे हैं उस से। बड़े हो रहे हैं।

"फिर वापस नहीं गया?"

"जाता है महबूबा से मिलने। उसी लड़की से। अब वो भी शादी शुदा है। उसके भी दो बच्चे हैं।"

ज़रा वक़्फ़ा लेकर गोपी ने फिर कहना शुरू किया।

"मैंने बताया कि मैं वहीं का हूँ तो फ़ौरन बोला! चलो अभी ले चलता हूँ। तुम्हारा गाँव दिखा के ले आऊँगा। एक बार तो मन

चाहा चला जाऊँ। मैंने कहा, अभी? रात में? वो बोलाः "अरे साईं, माँ भले ही रास्ता भुलजी वंजान, पर मेहंजी उंटनी नहीं भूलेगी। सीधी उसी के दरवाज़े पर जा के खड़ी हो जायेगी।"

"किस के?" मैंने पूछा तो जवाब उसकी औरत ने दिया।

"एक राँड उधर भी तो है। उसकी। बॉर्डर पार।"

"और तुम्हें बुरा नहीं लगता?"

"मैं तो बोल चुकी हूँ, उसको भी ले आ। हम दोनों साथ-साथ रह लेंगी।"

क्या कमाल के बॉर्डर हैं हमारे। अख़बारों में पढ़ते हैं तो यही लगता है जैसे कोई आग की लकीर खींची हुई है। ख़ून की धार बह रही है।

अगली शाम की बात है, हमारे हीरो, बन्ने जी ने मुझ से कहा था।

"यार रम नहीं चलती। किसी तरह व्हिस्की का इंतेज़ाम कर चाहे इन्डियन ही मिल जाये।"

पोचीना के नीचे एक गाँव में सुना था कि वहाँ इंडियन व्हिस्की पाकिस्तान के लिये स्मगल होती है। और बदले में उस तरफ़ से चाँदी आती है। दोनों तरफ़ की पुलिस चौकी की माहवारी बैठकें होतीं हैं। दोनों तरफ़ के प्रबंधक मिलते हैं। कितनी भेड़ें इधर आयी, और कितने ऊँट उधर पकड़े गये। उनका हिसाब होता है। और उनकी आपसी, वापसी का इन्तेज़ाम भी किया जाता है। आपस में कभी-कभी शाम की दावत और दारू शारू भी हो जाती है।

उस शाम बॉर्डर की ऐसी ही एक चौकी पर मैं और गोपी बैठे हुए थे। हवलदार बुझारत सिंह के पास। वायरलेस पर वो ऊंट की बात ख़त्म कर चुका था। वायरलेस पर ही उसने हमारे लिये व्हिस्की का आर्डर भी दे दिया था। अब वो घर से आयी, बहू की चिट्ठी के बारे में बात कर रहा था।

"अजी, मूर्ख है, बावली हो गयी है। कुछ भी उठा के लिख देवे है। अब हम हिन्दुस्तान की रक्षा करें के उसकी दो कनाल ज़मीन के लिये लड़ें, जो ठाकुर ने दबा ली है। यहाँ तो देखो न जी, सारे बॉर्डर खुले पड़े हैं। दुश्मन किसी वक़्त भी घुस के आ सकता है। सरकार ने परमाणु बम खा लिये। हमारे लिये क्या किया। माचिस भी एक रुपये की हो गयी।"

उसकी बीड़ी बुझ गयी थी। नंगी चारपाई के बान ही में एक तिनका छीला उसने और लालटेन के ऊपरी सूराख़ से जला के बीड़ी ताज़ा की। दो एक कश लगाये कि बीड़ी फिर बुझ गयी। उसी वक़्त गोपी ने लाइटर से सिगरेट जलाया तो हँस के बोला–

"अपने भी एक लाइटर होता तो ज़िन्दगी में क्या मज़ा होता। अब परमाणु बम से बीड़ी तो नहीं सुलगा सकते ना – ओवर...!"

दुम्बे!!

सुचीतगढ़, एक छोटा-सा देहात है, इस तरफ़ हिन्दुस्तान में। स्यालकोट एक बड़ी जगह है ... उस तरफ़! पाकिस्तान में।

कैप्टन शाहीन, एक हैंडसम रिटायर्ड फ़ौजी हैं, नयूयॉर्क में! 'कश्मीर' नाम से एक रेस्टोरेंट चलाते हैं। उनके दफ़्तर की शकल मुहाज़ के एक 'बंकर' (bunker) की सूरत है। छत पर भी प्लास्टिक की बनी हरी पत्तियों से बनाई जाली लगा रखी है। एक तरफ़ बहुत-सी टोपियाँ टाँग रखी हैं। फ़ौजी बूट रखे हैं, एक वर्दी टाँग रखी है।

अमजद इसलाम 'अमजद' ने मुझे दोपहर के खाने पर वहाँ मदुआ किया था। और वकील अंसारी आकर मुझे वहाँ ले गये थे। वो उस तरफ़ से हैं, लेकिन इस तरफ़ के तमाम उर्दू शोअरा और अदीबों को अपने यहाँ मदुआ करते रहते हैं। और अपने उर्दू के शौक़ को तसकीन देते हैं।

ज़श्ने गोपी चंद नारंग, अमेरिका में कई जगहों पर मना चुके हैं। अपना एक होटल है उनका। वही रोज़गार का ज़रिया है। सरदार जाफ़री, इस तरफ़ के, और अहमद फ़राज़ उस तरफ़ के, अक्सर उनके घर पे ठहरे हैं ... वकील अंसारी का महबूब जुमला है : "ज़िन्दगी तीतर बटेर होके रह गयी है।" या कभी-कभी " हम लोग तो तीतर बटेर हो गये हैं।" बड़ा ऑरिजनल (original) जुमला है। पहले कभी नहीं पढ़ा। न इस तरफ़। न उस तरफ़!

कैप्टन शाहीन के रेस्टोरेंट पर मदुआ करते हुए अमजद भाई

ने कहाः ''न्यूयॉर्क में अगर इस्टर्न खाना, खाना हो तो इससे बेहतर जगह और कोई नहीं मिल सकती।'' जब हिन्दुतानी खाना कहना हो या पाकिस्तानी तो अमजद भाई बहुत एहतियात से काम लेते हैं और उसे पंजाबी भी नहीं, 'इस्टर्न' कहते हैं। और कश्मीर का तो नाम भी नहीं लेते।

लेकिन कैप्टन शाहीन, फ़ौजियों की तरह बड़े दिलदार आदमी हैं। हँस के कहते हैंः

''अजी कश्मीर पर तो दोनों ही अपना हक़ जताते हैं। इसलिए हमारा रेस्टोरेंट बहुत अच्छा चलता है।''

फ़ौज से किसी बात पर रूठ कर इस्तिफ़ा दे दिया था। लेकिन फ़ौजी होने का फ़ख्र अब भी साथ है – कहते हैंः ''एक महीना और ठहर जाता तो 'मेजर' होकर रिटायर होता, लेकिन मुझे नाम के साथ कैप्टन कहलवाना ज़्यादा अच्छा लगता था।

सन् 1971 की जंग में हिस्सा लिया था और बता रहे थे कि उस जंग में ''सारा एक्शन बंगाल ही की तरफ़ हुआ था। पंजाब की तरफ़ छोटी मोटी झड़पें हुईं।'' और उसी में वो 'स्यालकोट' सेकड़ के एक मोर्चे पर एक्शन में शामिल थे।

अब हल्की सी दाढ़ी रख ली है और बात करते हुए मूँछों को बार-बार सहलाते रहते हैं। मैंने पूछा था कि ''वो कौन सा जज़्बा होता है, जो आदमी को सोलजर बनाता है?''

''वो जी, एक ठाठ की बात होती है। वर्दी की शान, और रूतबे की टोपी लगाना, एक शख़्सियत देती है आदमी को। और उसके अलावा मरने मारने की कोई तमन्ना नहीं होती।'' और फिर खुद ही हँस दियेः ''हमारी लड़ाई भी कोई लड़ाई है? हिन्दुस्तान पाकिस्तान की लड़ाई! ऐवईं स्कूल के बच्चों की तरह लड़ते रहते हैं। इसकी बाँह मरोड़, उसका घुटना तोड़। इसकी सिलेट तोड़ दी। उसकी तख़्ती

छीन ली। कभी निब चुभो दी। कभी स्याही गिरा दी। याद है स्कूल में थे तो दुम्बों की लड़ाई देखने जाया करते थे। आप भी गये होंगे!''

वो बड़े 'डाउन टू अर्थ' इंसान लगे। लहजे में कमाल की ईमानदारी थी। मैंने कुछ पूछा था जिस पर जवाब में कहने लगे...

''फ़ौजी को भी पहले पहल डर ज़रूर लगता है। लेकिन दो तीन गोलियाँ चला लेने के बाद, ख़ौफ़-व-हरास का ख़याल भी नहीं रहता। जब गोली चलती है तो कारतूस की एक खुशबू उड़ती है। फ्रंट पर गोलियाँ चलाते हुए उसका नशा हो जाता है। थोड़ी देर गोलियाँ ना चलें तो कभी-कभी नशा टूटने भी लगता है। किसी को लगना लगाना ज़रूरी नहीं होता!'' फिर बोले– ''आदमी ख़ौफ़ से भी मानूस हो जाये तो ख़ौफ़ नहीं रहता।''

मुझे लगा जैसे कह रहे थे, फ्रंट पर मौत से मानूस हो जाने की बात है। आ जायेगी जब आना होगा।

वो बता रहे थेः

''शुरू-शुरू में जब ट्रेनिंग होती है'' और ज़मीन पर लेट कर, कुहनियाँ घुटने छिलते हैं, तो कई बार ख़याल आता है ये नौकरी जारी रखें या छोड़ दें...?

लेकिन जब किसी ग़लती पर आपका 'बर्गेडर' आपको चिल्ला कर खड़ा करता है और पूछता है, ''कहाँ के हो? ज़रा ज़ोर से बोलो!'' तो साहब यक़ीन मानिये अपने गाँव, या इलाक़े का नाम मुँह से नहीं निकलता। बड़ी शर्मिंदगी होती है!''

शायद यही बात आगे चलकर फ़ौजी के लिये अपने मुलक की इज़्ज़त बन जाती है!

कैप्टन शाहीन ने बतायाः ''सुचीतगढ़ एक छोटा-सा देहात है, उस तरफ़! गिने चुने घरों का। कुछ तो पहले ही ख़ाली हो चुका था, क्यूँकि मुहाज़ के बहुत क़रीब था, कुछ हमारे पहुँचने पर ख़ाली हो गया। एक एक घर का मुआयना कर लेना ज़रूरी था। क्यूँकि कोई

भी इलाक़ा किसी मुक़ाबले के फ़तह हो जाये तो उसमें दुश्मन की किसी चाल का शुबा होने लगता है।''

कैप्टन शाहीन का कहना ये भी था कि, इस तरफ़ और उस तरफ़ के लोगों और फ़ौजियों के मिज़ाज में काफ़ी फ़र्क़ है...

''है वही पंजाब, लेकिन इस तरफ़ के फ़ौजी भी, और लोग भी अग्रेसिव (aggressive) हैं। और उस तरफ़ के ज़रा ठंडे स्वभाव के लोग हैं। उस तरफ़ की खेती बाड़ी और कुएँ, सरहद की लकीर तक आते हैं। हमारे इस तरफ़ के बॉर्डर दो-तीन सौ गज़ छोड़ कर चौकियाँ बनाते हैं, और घर बसाते हैं... ऐसी जगहों पर ये भी होता है कि दोनों तरफ़ छोटे-छोटे पाँच सात सिपाहियों के दस्ते गश्त (Petroll) करते रहते हैं। और अक्सर इतने पास होते हैं कि एक-दूसरे का सिग्ररेट भी जला सकते हैं।''

इस तरफ़ के फ़ौजी अमूमन पंजाबी होते हैं और उस तरफ़ अक्सर ग़ैर पंजाबी मिल जाते हैं। लेकिन इस तरफ़ वाले बुला भी लेते हैं। ''क्यूँ भई, कहाँ के हो?''

''कोई मद्रासी हो तो अंग्रेज़ी में जवाब देता है, वरना आम तौर पर उर्दू नूमा हिन्दी ही सुनाई देती है। सुचीतगढ़ फ़तेह करने के बाद मैं चार पाँच सिपाहियों को साथ लेकर घरों की तलाशी ले रहा था कि एक कोठरी का दरवाज़ा धकेला तो सहमा हुआ एक लड़का कोने में दुबका हुआ नज़र आया। सिपाहियों ने मुड़ के मुझे आवाज़ दी... 'सर जी!'

मैं आया तो अचानक ही वो लड़का लपका और मुझ से लिपट गया। सिपाहियों ने छुड़ाया उसे। और मुझे समझ नहीं आया, क्या करूँ?''

उस के माँ बाप का पूछा तो वो कोई जवाब नहीं दे पाया। बहुत डरा हुआ था। कँप-कँपा रहा था। मैंने उसे भाग जाने के लिये भी कहा, लेकिन वो नहीं गया... मैं उसे जीप में बिठा कर पिछली चौकी तक ले आया। रोटी शोटी दी और एक कोने में बिस्तर डाल के सो

जाने के लिये कह दिया। जवानों से कह दिया, किसी से ज़िक्र न करें। उसूलन वो हमारा Prisoner of war था और फ़र्ज़ बनता था कि 'हैड क्वार्टर' में ख़बर कर दूँ और दूसरे 'प्रिज़नर' (Prisoners) के साथ जेल में डाल दूँ।

पता नहीं क्यूँ, उसकी मासूम सी आंखें देख कर जी नहीं चाहा, वो इस तरह की आफ़त से गुज़रे...

अगले रोज़ दोपहर के वक़्त मैं अपने बिल्ले शिल्ले उतार के उसी बॉर्डर वाले गाँव पर गश्त करने चला गया। गाँव से ज़रा हट के एक खेत था। दूर 'ट्यूब वैल' पर एक बुज़ुर्ग सरदार को मुँह हाथ धोते देखा तो आवाज़ दी... "सरदार जी... ओए इधर आ!"... हाथ के इशारे से पास बुलाया तो अपनी पगड़ी के... शुमले से मुँह पोंछता हुआ चला आया... मैंने पूछा...

"तुम गये नहीं?"

बड़ी हैरत से पूछा उसने, "कहाँ?"

"गाँव छोड़ के चले गये सब। तुम क्यूँ नहीं गये?"

उसने हाथ उठा के ताना दिया।

"लय! गाँव तो उस तरफ़ छोड़ के आया था। तेरे पास! अब खेत लेने आया है क्या?"

सरदार गुस्से में लग रहा था। मैंने ठंडा करने की कोशिश की और बताया कि :

"सुचीतगढ़ से सात आठ बरस का एक लड़का इस तरफ़ आ गया है। उसके माँ बाप शायद गाँव छोड़ के चले गये हैं!"

"तो?"

"उसे ले आऊँ तो उसके माँ बाप तक पहुँचा देगा?"

सरदार सोच में पड़ गया। बड़ी देर बाद, उसने मुंडी हिलाई।

"ठीक है।"

मैंने कहा शाम को पाँच बजे आ जाना। "मैं लेकर आऊँगा।"

कैप्टन शाहिन ने कहाः

''पीले-पीले दाँतों की ऐसी हँसी मैंने पहले कभी नहीं देखी थी। सरदार ने हँस के कहाः ''उसे छोड़ दे। मुझे ले जा। मेरा गाँव उस तरफ़ है। स्यालकोट के आगे। छजरा!'' और झूमता हुआ वापस चला गया। ''गाँव के नाम ही से मस्त हो गया।''

उस शाम मैं जा नहीं सका। हमारा कमांडर दौरे पर आ गया था और उस लड़के को छुपा के रखने में, समझिये बस जान ही निकल गयी। खिला पिला के उसे कंट्रोल रूम की परछती पर छुपा रखा था। जल्दी से निकाला और पीछे पैख़ाने में छुपा दिया। कमांडर जब कंट्रोल रूम में आया तो वहाँ से निकाल के स्टोर रूम की बोरियों में छुपा दिया। सबकी जान पर बनी थी, क्यूँकि क़ानूनन ये सरासर जुर्म था और पता चल जाता तो हम में से कई अफ़सर सस्पेंड किये जा सकते थे। एक बार तो जी चाहा। दो सिपाहियों से कहूँ कि एक बोरी में डाल के, सरदार के खेत में फेंक कर आ जायें। जब तक कमांडर रहा। हमारी जान पर बनी रही।

बंगाल के एक्शन की ख़बरें आ रही थीं। जो बहुत मायूस कुन थीं। "भारतीय फ़ौजें मुक्ति वाहिनी का साथ दे रही थीं और यहिया ख़ान... ख़ैर...छोड़िये।'' वो चुप हो गये।

एक वक़्फ़ा गया, कैप्टन की आँखें नम होने लगीं – बोले–

''अगले दिन भी फ़ौजी टुकड़ियों की बहुत मोमेंट रही। सारा दिन निकल गया। शाम का वक़्त था और सूरज गुरूब होने वाला था जब मैं उस लड़के को साथ लेकर बॉर्डर लाइन पर पहुँचा। मुझे हैरत हुई। सरदार मेरा इन्तज़ार कर रहा था। चार-पाँच सिपाहियों की एक टुकड़ी भी उसके साथ थी। उसी में से एक ने पूछा, ''कैप्टन हो के

मेजर?" फ्रन्ट पर हमारे फीते नहीं लगे होते, फिर भी कोई बड़ा अफ़सर हो तो पहचाना जाता है। वो भी कोई कैप्टन मेजर ही था। मैंने आगे बढ़ के हाथ मिलाया। और लड़का उसके हवाले किया।

"यहीं सुचीतगढ़ का है। घर में छुपा बैठा था।"

अफ़सर ने ज़रा सख़्ती से पूछा, "क्यूँ रे? कहाँ का है? माँ बाप कौन हैं तेरे?"

लड़का फिर से सहम गया था। आँख उठा के मेरी तरफ़ देखा और बोलाः

"चाचा... मैं यहाँ का नहीं हूँ। उस तरफ़ का हूँ।"

उसने हमारी तरफ़ इशारा किया, "स्यालकोट के आगे, छजरा का हूँ!"

सब भौंचके रह गये...

मैंने सरदार की तरफ़ देखा। उसके पीले-पीले दाँत निकल आये। उसने आगे बढ़ के उसके सर पर हाथ रख दिया। और छलकी हुई आँखों से पूछा–

"अच्छा? छजरा का है तू?"

मैंने डाँट के पूछा– "तो यहाँ क्या कर रहा था?"

लड़के के आँसू निकल आये, बोलाः

"स्कूल से भाग के आया था, लड़ाई देखने!"

कैप्टन शाहीन कह रहे थे।

"यक़ीन मानिये, हम दोनों फ़ौजी उसके सामने, दो बेवक़ूफ़ मास्टरों की तरह खड़े थे। और हमारी शक्लें दुम्बों जैसी लग रही थीं!"

इतने सारे बाज़ू, टाँगें, हाथ, और सर और पाँव
बचे खुचे पुर्ज़े लगते हैं, 'स्पेयर पार्ट्ज़' हैं!..

हिल्सा

विभूती टहलते हुए, धोती 'खोंचते' रसोई तक आये और दरवाज़े ही से बोले–

"आज अख़बार ही नहीं आया अभी तक लगता है बाग़ बाज़ार का रास्ता भी बन्द हो गया।"

कंचन मच्छी में मगन थी। बोलीः

"हिल्सा की आँखें कितनी सुन्दर होती है गो। जल परी लगती है।"

कंचन बड़ी परात में पानी डाल के मच्छी को नहला रही थी। विभूती ज़रा सा मुस्कुराये, बोलेः

"बहुत लाड़ आ रहा है? – हूँ ? – बिन मौसम का खाजा ले आया है रामू, जानो?"

"माने?"

विभूती की आँखों में दानाई की चमक दिखाई दी – बोलेः

"जिन महीनों में 'R' न हो, उन महीनों में मच्छी नहीं खाया करते। वर्जित है!"

कंचन उन्ही की तरफ़ देख रही थी – वो फिर बोलेः

"जैसे मई, जून, जुलाई, अगस्त – अब सोच के देखो – जनवरी से दिसम्बर तक बाक़ी सब महीनों में 'R' लगता है!"

कंचन ने मन-ही-मन हिसाब लगाया, और हाथ ठोड़ी पर आ गया।

"मागो! अच्छा, क्यों नहीं खाते इन महीनों में?"

विभूती ने रवायती बंगाली शौहर की तरह नसवार की चुटकी खेंची, और धोती सँभालते हुए, रसोई की दहलीज़ पर ही बैठ गये।

"मई से अगस्त तक मच्छियों का ब्रीडिंग पीरियड (Breeding Period) होता है।

उन दिनों गर्भवती होती हैं मच्छलियाँ जिस तरह पत्नी गर्भवती हो तो पति उन दिनों में..."

"धत! कि शोब बोक्छो...!"

हाथ से धकेल के कंचन ने विभूती को उठा दिया रसोई से।

"इतने बड़े हो गये, अभी तक दुशटुमी नहीं गयी।"

हँसते हुए विभूती फिर अन्दर चले गये। जा के अपना टी.वी ऑन कर दिया। ख़बरें आ रही थीं दंगों की। जगह-जगह मार काट चल रही थी। बाज़ार बन्द हो गये थे। शहर में कई जगह कर्फ़्यू लग गया था।

"शायद इसीलिए!" वो बुड़बुड़ाये – "मच्छियाँ बाज़ार तक पहुँची नहीं और रामू को घाट पर सस्ते में मिल गयी।"

ये एक और अक़्ल की बात बताने रसोई तक गये तो कंचन पीछे के नल पर नहाने गयी थी। रसोई पार कर के, विभूती वहाँ तक पहुँच गये। साड़ी तार पे डाल के कंचन ने पर्दा कर लिया था।

"शुन्वो?"

"है! बोलो?" पानी में डूबी हुई आवाज़ आयी।

"ये रामू जो है ना, ये सुबह घाट पर गया होगा और...." कहते-कहते उन्होंने थोड़ा सा पर्दा उठा दिया।

"धुत!" लोटा भर के पानी उनके मुँह पर पड़ा – "हटो यहाँ से – शुक्र करती हूँ, सुबह-सुबह दफ़्तर जाते हो तो...."

विभूती हँस के उसी साड़ी से मुँह पोंछ रहे थे।

"अभी तक अख़बार नहीं आया, तो बेकारी में क्या करे आदमी। मैं मच्छी साफ़ कर दूँ?"

"हरगिज़ नहीं! हाथ मत लगाना उसे।" कंचन ने डाँट के मना कर दिया।

विभूती सारे घर में ऊपर से नीचे, नीचे से ऊपर तक टहलते रहे, टी.वी पर भी और कोई प्रोग्राम नहीं था।

'चित्र गीत' के बाद ख़बरें, ख़बरों के बाद फिर आधा घन्टा 'चित्र गीत' ब्लैक एंड व्हाइट टी.वी. में गानों का मज़ा भी नहीं आता। कलर के ज़माने में ये ब्लैक एंड व्हाइट टी.वी.! हीरोइन के कपड़े और कुल्हे एक ही रंग के। पेट और ब्लाऊज़ में कोई फ़र्क़ ही नहीं ये क्या बात हुई?

एक बार फिर, घर में रामू की आवाज़ आयी। पता ही नहीं चलता, वो कब आता है घर में कब निकल जाता है। सारे मोहल्ले का काम करता है। वो गुसलख़ाने के बाहर खड़ा पूछ रहा था।

"बोउमाँ – मच्छी का मसाला पीस दूँ? राई दे के बनेगी तो?"

कंचन की आवाज़ आयी थी।

"मसाला टुनटुनी की मिक्सी में पिसवा के ले आ – मैं आती हूँ।"

टुनटुनी पड़ोसियों की छोटी लड़की का नाम था। रामू फिर निकल गया।

विभूती को अच्छा नहीं लगा, रामू उनकी पत्नी से बातें करे, वहीं खड़े हुए, जब वो नहा रही हो। टी.वी. में बहुत डिस्टरबेंस (disturbance) थी, बन्द कर के, आरामकुर्सी में पसर गये।

पूजा घर में घंटी बजनी शुरू हुई तो समझ में आ गया कि कंचन नहा कर लौट चुकी है। थोड़ी देर में प्रसाद मिलेगा – कंचन हाथ पर नहीं देगी। कहेगी – "हाथ धो कर आओ", वो मुँह खोल देंगे और कंचन प्रसाद मुँह में टपका देगी।

वही हुआ, कंचन ने आते ही पूछाः ''नहाये नहीं अभी तक?''

''ऊं हूँ!'' मुंडी हिला कर विभूती ने मुँह खोल दिया, प्रसाद मुँह में डालते हुए, कंचन के गीले-गीले बाल उनके चेहरे पर आ पड़े – बाल हटाते हुए, विभूती ने कंचन के गाल पे चुटकी ले ली।

''उफ़! शमये अशमये कुछ नहीं होता ना तुम लोगों के लिये?''

''तुम्हारी सुन्दरता सराहने के लिये, शमये थोड़े ही निश्चित करना पड़ता है?''

''मित्थे शोब!''

झूठ ही सही, पर जाते हुए कंचन थोड़ी सी इठलाई तो ज़रूर!

विभूती फिर ख़ाली हो गये। थोड़ी देर ऊपर नीचे टहलते रहे कुछ देर के लिये खिड़की पर जाकर खड़े हो गये और पड़ोसियों के घर में झाँकते रहे। एक कव्वा कहीं से गोश्त का टुकड़ा चोंच में उठाये, बीच की दीवार पे आके बैठ गया था। एक दूसरा कव्वा आकर पास बैठा तो उड़ गया। दोनों उड़ गये।

विभूती घूम घूमा के, फिर वहीं आ रहे, किचन में।

मच्छी परात के पानी में पड़ी थी। मुँह थोड़ा सा खुला हुआ था, जैसे कुछ बोल रही हो – और आँखें खुली थी – सचमुच ख़ूबसूरत थी आँखें।

कंचन ने 'दाऊ' खेंच के पाँव तले दबा लिया। मच्छी निकाली परात से, उसके चिकने बदन पर हाथ फिरा के पानी साफ़ किया, और गच से तीन हिस्सों में काट दिया। पहले मुंडी काटी, फिर दुम का हिस्सा अलग किया, और फिर पेट चीर के खोल दिया। परात का पानी लाल हो गया।

''ठीक ही कहा था आपने – गर्भवती थी देखो कितने अंडे निकले हैं।''

विभूती मुस्कुराये – चश्मा साफ़ करते हुए बोलेः

''वैरी लकी – अलग से फ्राई कर लेना। मच्छी के अंडे तो डैलीकेसी (delicacy) होती हैं।''

उसी वक़्त बाहर की घंटी बजी और आवाज़ सुनाई दी।

"कागोज़ बाबू!"

अख़बार वाला दरवाज़े के नीचे से पेपर डाल के, आवाज़ लगा के चला गया था।

विभूती उठ के अख़बार उठा लाये – फ्रंट पेज शहर के दंगों की ख़बरों से भरा हुआ था। कुछ तस्वीरें भी थीं। एक हामला लड़की की तस्वीर थी, जिसे गैंग-रेप किया गया था, और जो ब्लीड (bleed) करते-करते मर गयी थी। मुँह थोड़ा सा खुला हुआ था जैसे कुछ बोलने की कोशिश कर रही थी – और आँखें खुली थीं।

उसकी आँखें परात में पड़ी हिल्सा से कितनी मिलती थीं!!

दि स्टोन एज

बम गिरा तो दूर था, लेकिन दीवारें उस धमाके की ताब ना ला सकीं। मिट्टी की थीं, देखते-ही-देखते ढेर हो गयीं। उसी में उसकी छोटी बहन दब के मर गयी। बड़ी आपा उसे उठा कर बेनक़ाब दौड़ ली। गली के धुएँ ने पर्दा कर रखा था। बाप ने माँ का हाथ पकड़ा और एक पोटली, सन्दूक़ जो हर वक़्त तैयार रहते थे, उठा के भाग लिये।

तब उसकी उम्र चार बरस की थी।

"अब्बू... इधर... उधर गोरा है।"

वो आपा की बग़ल से कूद गया। उस की आँखें बड़ी तेज़ थीं। सामने से एक जीप गोलियाँ बरसाती हुई गुज़र गयी।

"नसीर ने बचा लिया।" बहन ने बहुत चूमा। माँ ने बलायें लीं।

नसीर की आँखों में एक अजीब चमक थी। जैसी चीते की आँखों में होती है। नसीर अब इस जंगल की ज़िन्दगी का आदी होता जा रहा था। अब तो घर की पहचान भी गुम होने लगी थी। दो-दो तीन-तीन महीने घर से बाहर रहना, फिर लौट आना। घड़े, मटके, बोरियाँ सँभालना, और कुछ माह बाद फिर भाग लेना। एक दादी थी। बस भूसे की तरह पड़ी रहती थी।

वो दो बरस का था जब पहली बार उसने हवाई जहाज़ की गर्ज और बमों के धमाके सुने थे। सारा घर हिल रहा था और वो माँ के सीने

से लिपटा हुआ काँप रहा था। अम्माँ ने एक चौड़े पट्टे से उसे अपनी छातियों पर बाँध रखा था। एक हाथ में गठरी थी और दूसरे में बानो, उसकी छोटी बहन। बाप ने एक संदूक़ची बग़ल में दबा रखी थी। मुँह ही मुँह कुछ पढ़ रहा था। अपनी अम्माँ को घसीटते हुए वो दरवाज़े पर ले गया और बोलाः

"अम्माँ, कोशिश कर। अल्लाह की उँगली पकड़ और चल मसीद (मस्जिद)में चलते हैं।"

दादी भी पता नहीं किसे कोस रही थी। उसके बाप को, या अल्लाह को! नसीर की आँखें तब भी चमक रही थीं। उसने आसमान से सितारे गिरते देखे थे, और ज़मीन पर सूरज फट रहे थे। एक मासूम सा ख़याल उसके ज़हन से तब गुज़रा था।

"अल्लाह इतना दहशत-नाक क्यों है?... डराता क्यों है?..."

दो साल की उम्र बहुत कम होती है, लेकिन आँखें उस उम्र में भी बहुत ज़्यादा निगल जाती हैं, और उस ग़िज़ा को बाद में जुगाली करने के लिये – ऊँटों की तरह।

मस्जिद ख़ून की बू से भरी हुई थी। ज़ख़्मी हाथ, कुहनियाँ, कन्धे, गर्दन! पूरे सालिम आदमी बहुत कम थे। नसीर के लिये दुनिया की नॉर्मल सूरत यही थी। उसी में आँख खोली थी। उसी में बड़ा हो रहा था। ज़मीन पर ख़ून देखकर उस में पैर मारना। उसके लिये ऐसा ही था – जैसे बारिश के पानी में पैर पटकना।

मस्जिद में नये-नये नाम बहुत पड़े कानों में। अपने क़बीले के नामों से तो वो मानूस था। लेकिन रूसी, अमेरिका, बुश, त्रगनोफ़, ग्रगनोफ़, फ़िरन्गी, कोपटर, हैली कोपटर... लगता था किसी दूसरे क़बीले के नाम हैं। किसी और जंगल के, उन पहाड़ों के पीछे होंगे वो जंगल जहाँ से वो सब कोपटर उड़ा करते हैं। जहाँ से आग के

गोले आते हैं। उनके घर तोड़ने के लिये। अपनी बालिश्त भर बहन की मौत को वो भूला नहीं था।

''घर गिर पड़ते हैं ना अब्बू!... फिर हम घर में क्यों रहते हैं?'' वो तीन साल का था। जब उसने सवाल किया था। उन दिनों वो पक्के घरों वाले शहर में आ गये थे।

''बाहर आग बरसती है ना बेटा, बम जो गिरते हैं।'' बाप ने कहा था।

''कौन गिराता है?''

''वो... गोरे, जो हैली कोपटर में आते हैं।''

''बम क्यों गिराते हैं?''

''हमारे दुश्मन हैं नाँ।''

''हम भी उनके दुश्मन हैं?''

''और किया?...''

उसके डेढ़ साल बाद उसने सवाल किया था।

''तो हम भी उनके पहाड़ों पर बम गिरा सकते हैं?''

''हमारे पास हैली कोपटर नहीं हैं नां बेटा।''

''तो कैसे गिरायेंगे?''

''फ़दायेन हैं नां! इसीलिये तो फ़दायेन भेजते हैं।''

उसे कुछ समझ नहीं आया। इमला होती जा रही थी... फ़दायेन! एक और लफ़्ज़ उसने अपनी गुल्लक में जमा कर लिया। बड़ा हो कर ख़र्च करेगा। वो चुप तो हो जाता। उस की तसल्ली न होती इन जवाबों से। लेकिन मक्खियों की तरह सवाल उसके चेहरे पर भनभनाते रहते। वो बाहर जाकर बैठ जाता और अपनी गुलेल बनाने लगता।

दादी बहुत याद आती थी उसे। चन्द महीने जो क़न्धार की 'आबनूसी' मस्जिद में कटे थे। उसमें दादी ने बहुत कहानियाँ सुनाई थीं उसे।

"देव क़ामत अय्यार ने परी को ले जाकर दो फ़लक बोस मीनारों में बन्द कर दिया। एक मीनार में परी रहती थी। एक में वो ख़ुद रहता था। उसने परी के पंख काट दिये – ताकि उड़ भी न सके। मीनार इतने ऊँचे थे कि दुनिया का कोई आदमी ऊपर नहीं पहुँच सकता था। नीचे जब ख़लक़त शोर करती वो पंख का एक पर उतार के उड़ा देता। ख़लक़त उसे लूटने के लिये हज़ारों मीलों तक दौड़ती चली जाती।

"शहज़ादा भी?" उसने पूछा था।

"वो वहीं था, लेकिन शहज़ादा किया कर सकता था? न ऊपर चढ़ सकता था। न उड़ के..."

अचानक गुल्लक से एक सिक्का बाहर आ गया। 'फ़दायेन' वो अपने आप से बोला।

"फ़दायेन को क्यों नहीं भेजा?"

उसे फ़दायेन का मतलब समझ आ गया। दादी होती तो उसे बताता। उसने अब्बा से पूछा, तो अब्बा ने कहा–

"वो अल्लाह को प्यारी हो गयी... वो ले गगे उसे।"

"दादी को भी?" वो फिर चुप हो गया।

पता नहीं मस्जिद के मीनार छोटे हो रहे थे या उसका क़द बड़ा हो रहा था। दादी की गठरी से निकल के वो मीनार की सीढ़ियाँ चढ़ जाता था। बोरी से निकले चूहे की तरह। वहाँ से पूरा शहर नज़र आता था। ऊपर से पूरा शहर ईंटों का भट्टा लगता था – जगह-जगह धुआँ उठता रहता था। नानबाई की दुकानें होंगी। गोश्त पक रहा होगा। कबाब भून रहे होंगे।

नसीर बड़ी जल्दी बड़ा हो रहा था। बार-बार कपड़े तंग होने लगते थे। दादी पता नहीं कहाँ से किसके कपड़े उतार के ले आती थी। उसी मीनार से उसने टैंकों की गड़गड़ाहट सुनी थी। जब वो बाज़ार से गुज़रते थे तो सारी ज़मीन हिल जाती थी। दादी की तिलस्मी कहानियों में जो आहनी गेंडे चलते थे। वही होंगे – थूथनी ऊपर उठाये। आग उगलने के लिये।

फिर एक और हमला हुआ। मस्जिद को गेंडों ने घेर लिया, और कई दिन तक घेरे रखा। रोज़ तहख़ाने के दरवाज़े से कुछ लोगों को भेड़ बकरियों की तरह रात के अँधेरे में बाहर निकाल दिया जाता। चौपायों की तरह, कुहनियों और घुटनों पर रेंगते रेंगते, लोग गली से गुज़र के मैदान पार कर जाते। आपा और अम्मी के साथ नसीर भी निकल गया। अब्बा और दादी वहीं रह गये।

पहाड़ी के पीछे एक और गाँव था। कच्चे मकानों का। एक तबेले में कुछ ख़ानदानों को पनाह मिल गयी। यहाँ लोगों का शोर कम सुनाई देता था। अब्बा बीच-बीच में आकर लौट जाते थे। एक बार अब्बा कई दिनों तक नहीं लौटे। अम्मी बार बार सजदे में गिर जाती – दुआयें माँगती। उसकी आँखें हर वक़्त पानी से भरी रहतीं।

नसीर ने फ़र्श पर लेटे-लेटे उनसे पूछा–

"क्या दुआ माँग रही थी अम्मी?"

"अल्लाह से तेरे अब्बा की ख़ैरियत माँग रही थी बेटा।"

नसीर लेटा रहा। आसमान की तरफ़ देखता रहा। फिर बड़े धीरे से पूछा–

"अम्मी, अल्लाह किसकी तरफ़ है? हमारी तरफ़? कि उनकी तरफ़?"

फिर मुड़ के देखा अम्मी जा चुकी थीं।

एक रात नसीर ने अपनी गुलेल सलवार में अड़सी, और अँधेरे में रस्ता सूँघता हुआ उसी तहख़ाने के रास्ते मस्जिद में पहुँचा। वहाँ पहुँच कर उसकी आँखों ने जो मन्जर देखा उसने उसे वहीं ढेर कर दिया। मस्जिद अन्दर से तहस नहस हो चुकी थी। मलबे से भरी हुई थी और एक सड़ाँद थी। आँखें अँधेरे से मानूस हुईं तो कुछ लाशों के हाथ पाँव मलबे के नीचे नज़र आये। मीनार का रास्ता मलबे से अटा हुआ था। सुबह हुई, वो उठकर सदर दरवाज़े की तरफ़ बढ़ा तो कुछ लोग नज़र आये। नाक मुँह साफ़ों में लपेटे हुए। हाथों में फावड़े थे। शायद मलबा उठाने वाले लोग थे। छुपता छुपता नसीर बाहर निकल गया। लेकिन बाहर एक मजमा लोगों का देख कर, वो दीवार से लगे ट्रक के अन्दर घुस गया।

आधी पौनी, कटी सड़ी लाशों के ढेर ट्रक में गिरने लगे। और नसीर एक कोने में दुबका, उनके नीचे पड़ा रहा। क़साई की दुकान पर ऐसे ही अधकटे, अधछिले बकरों के ढेर आया करते थे, ठेले में लद कर। वो पड़ा रहा। ट्रक चल पड़ा। पता नहीं किस क़साई की हट्टी पर जाकर फेंकेगा। चन्द घन्टों के सफ़र में पता नहीं नसीर को ग़शी आ गयी या वो सो गया। लेकिन एक पहाड़ी के दहाने में जब ट्रक ने अपना सामान उलटा तो वो उसी के साथ गिरा और आँख खुल गयी। एक बहुत बड़े गड्ढे के पास। ट्रक सामान फेंक कर लौट गया। नसीर रेंगता हुआ उस इंसानी मलबे के नीचे से निकला। ऊपर नंगा पथरीला पहाड़ था। जिस में छछून्दरों के बिलों जैसे ग़ारों के मुँह खुले हुए थे। हाथों पैरों पर डरी लोमड़ी की तरह वो जल्दी-जल्दी ऊपर चढ़ गया। एक ग़ार जैसे शगाफ़ में पनाह ली।

ऊपर से मलबा नज़र आता था। शाम तक गड्ढा भर के बन्द कर दिया गया। नसीर वो रात भी वहीं रहा। रात के अँधेरे में कुछ इंसानी आवाज़ें भी सरसराती हुई सुनाई दीं। शायद आस-पास की ग़ारों में

कुछ लोग रहते थे। बहुत-सी आँखें कूदती नज़र आयी। जंगली ख़रगोश थे शायद। हाथों से टटोल टटोल के नसीर ने कुछ पत्थर जमा कर के रख लिये। गुलेल अभी तक उसकी शलवार में अड़सी हुई थी। उसने बाहर निकाल ली। एक नोकीला पत्थर टटोल कर उसे बड़े पत्थर पे घिसने लग गया। दादी याद आ गयीं।

"शुरू में इंसान ने पत्थरों के हथ्यार बनाये। वो शिकार करते थे और ग़ारों में रहते थे। जिन क़बीलों के पास आग थी। वो अफ़ज़ल माने जाते थे। वो मैदानों में रहते थे, सफ़र करते थे और जगह-जगह जाकर ज़मीनें फ़तेह किया करते थे...।"

नसीर बड़े पत्थर पे घिस कर, एक नोकीला पत्थर का हथ्यार तैयार कर रहा था।

तलाश...

पूरा सूटकेस खुलवाया देहली एयरपोर्ट पर। कपड़े ऊपर नीचे कर के देखना तो समझ में आ जाता है। लेकिन मर्द सिपाही जब 'ब्राज़' उठाकर झाड़ते थे और वापस रखते थे तो बदन में एक सनसनी दौड़ जाती थी। 'ब्राज़' के अन्दर छुपा कर कौन से ग्रेंड्स (grandees) ले जाती मैं! तीन चार लिपस्टिक उठाकर जब ग़ौर से देखने लगे तो मैंने कहा!

"ये बुलेट नहीं हैं। लिपस्टिक हैं, रख लीजिये। राइफ़ल में चलती हों तो चला लीजियेगा।"

बेशर्म, बड़े पीले दाँत निकाल कर बोलाः

"दो नाली के ज़माने गये मेम साहब, अब तो सौ-सौ के कारटेज आते हैं।"

उसकी साथी लेडी पोलिस को शायद मेरा लहजा समझ में आ गया था। बोली–

"श्रीनगर की फ्लाइट में कुछ ज़्यादा एहतियात करनी पड़ती है मेडम। आइये, इधर आ जायें।"

और बॉडी सर्च के लिये वो परदे लगे अध खुले बॉकस में ले गयी।

मैं कश्मीर जा रही थी। अपने रूट्स तलाश करने। अपनी जड़ें! हालाँकि मैं कश्मीरी नहीं हूँ। इतना पता था मुझे कि मेरे माँ-बाप

शादी के बाद हनीमून के लिये कश्मीर गये और जब लौटे तो मैं ''कंसिव (conceive) हो चुकी थी। मेरा जन्म शुरू हो चुका था।

''जहलम के बर्फ़ाब पानी में तीरते हुए एक बोट हाउस में, अख़रोट की लकड़ी के मुनक़्क़श पलंग पर, जब दो मुक़्क़द्स रूहें एक मुक़्क़द्स लम्हे को जनम दे रही थीं...!''

माँ बड़े मज़े लेकर, बड़े शायराना अन्दाज़ में अपनी डायरी से मुझे कश्मीर की दास्तानें सुनाया करती थीं। कश्मीर में अपनी और पापा की कहानियाँ!... कहतीं।

''घोड़े पर चढ़ना तो आता नहीं था। टेबल लगा कर, घोड़े को पास लाकर खड़ा कर दिया जाता। पापा पहले टेबल पर चढ़ते, साईस धोड़े को धकेल के टेबल के साथ लगा देता और पापा घोड़े पर सवार हो जाते... फिर भी दस में से पाँच बार गिर ही जाते थे।''

चेहरे से अख़बार हटा कर, पापा टोक देते हैं।

''झूठ मत बोलो। सिर्फ़ एक ही बार गिरा था।''

''और वो जो आप की पतलून शरीफ़ फट गयी थी..'' माँ लखनऊ से थीं और पापा कोलकत्ता से।

''वो तो टेबल गिर गया था। मैं थोड़े ही गिरा।''

''और जो साईस के ऊपर चढ़ गये थे?''

''घोड़ा ही भाग गया। मैं क्या करता..? अच्छा अब चुप करो। जब सोनाली को लेकर जाऊँगा तो दिखाऊँगा उसको।''

माँ एक लम्बी साँस लेकर चुप हो जाती।

''अब क्या जाओगे कश्मीर? वही दिन थे, जो हर साल चले जाते थे। अब तो गोलियाँ झूलती हैं। अब कलियाँ नहीं फूटती हैं। वहाँ सर फूटते हैं दिन रात...''

ये इकयासी बियासी की बात है। या बयासी त्रियासी की होगी, जब मैं स्कूल में पढ़ रही थी। ख़बरें सुनती तो मुझे गुस्सा आता। ये

पाकिस्तानी होते कौन हैं मेरा कश्मीर हतयाने वाले। कश्मीर जैसे मेरी कोई पर्सनल मिलकियत थी।

फिर किसी दिन माँ बतातीं :

''हमारा एक कश्मीरी नौकर था। लड़का सा ही था। हम जब भी जाते, उसे रख लिया करते थे। एक महीने के लिये। वज़ीरा, नाम था। वज़ीर अली। कभी बोट हाउस में रुकते थे तो कभी ऑबेराय होटल में। ऑबेराय में हमेशा उस की 'इनेक्सी' में ही ठहरते थे। जहाँ सामने के लॉन में दो चिनार थे। बड़े ऊँचे, तंदुरुस्त, भरे हुये, बुलन्द क़द के। मुझे हमेशा बादशाह और बेगम लगते थे। हाथ सीने पर बाँधे, डल-लेक का नज़ारा करते थे, और हम सब ख़दीमों की तरह लॉन में पड़े रहते थे। दोनों बड़े खुद्दार थे। एक जहाँगीर एक नूरजहाँ।''

माँ सचमुच शायर ही थीं। मगर सिर्फ़ डायरी लिखा करती थीं। मैंने याद दिलाया :

''आप वज़ीरा का कुछ बताने लगी थीं।''

''हाँ तो शाम के वक़्त वो तुम्हें घुमाने ले जाया करता था। प्रॉम में उठा के। एक रोज़ बहुत देर हुई, तो हमें फ़िक्र लग गयी। ये तुम्हें ढूँढ़ने निकले।''

''ये कौन...?''

''तुम्हारे पापा। अरुण बैनर्जी! उन्हें भी बहुत देर हो गयी, और जब लौटे तो एक टैक्सी में, तुम थी, प्रॉम थी, वो थे, मतलब तुम्हारे पापा और एक दूसरा ही कोई कश्मीरी था। वज़ीरा नहीं था। मैंने पूछा– ''वज़ीरा कहाँ है?'' तो मुँह सूजा हुआ था। तुम्हें मेरी गोद में डाला, प्रॉम उठा कर बरामदे में फेंकी और साथ आये उस कश्मीरी को आवाज़ दी... 'मूर्ति लाल', निकाल के पचास रुपये दिये उसे। बहुत बड़ बोला था वो। कहने लगा :

"साहब इतनी सी बच्ची को आपने कैसे उसके हवाले कर दिया। घर न जाता, कहीं और ले के भाग जाता तो..."

उन्होंने हाथ के इशारे से उसे दफ़ा होने के लिये कहा और वो चुप चाप चला गया।

"मेरी क़ीमत कुल पचास रुपये?" मैंने ऐसे ही बीच में पूछ लिया।

"पचास भी बहुत होते थे उस ज़माने में।"

मुझे अपनी फ़िक्र थी कि मुझे कहाँ ले गया था वो...

"तुम्हें अपने घर ले गया था। अपनी नानी को मिलाने। यतीम था। माँ-बाप एक बर्फ़ानी 'ईवालांच' में दब के मर गये थे। और लाश भी नहीं मिली थी। वज़ीरे को होटल में कई कई दिन नाइट ड्यूटी करनी पड़ती थी, इसलिए नानी जब सुबह लौटने पर कोसती तो कह देता कि उसने शादी कर रखी है। उससे एक बच्ची भी है। और नानी के गर्म मिज़ाज की वजह से उसे घर नहीं लाता।"

मन-ही-मन मुझे वज़ीर बहुत अच्छा लगा। कहानियों के हीरो जैसा। और उसकी कहानी भी एक परी की कहानी जैसी लगी। अब भी लगता है। परी कहानियाँ सब कश्मीर ही में पैदा होती होंगी और जब बर्फ़ पड़ती है तो नीचे उतर आती हैं। कभी-कभी ये ख़याल भी आता है अगर वो सचमुच ही मुझे लेकर भाग गया होता तो मैं कश्मीर ही में पली होती। लेकिन कहानी में माँ-बाप से बिछड़ना मुझे पसन्द नहीं आया.... मैंने पूछा।

"वज़ीरा फिर नहीं आया?"

"आया। बहुत माफ़ियाँ माँगीं। हमने फिर रख लिया। लेकिन फिर उसके साथ घूमने कभी नहीं भेजा।"

घर में एक अलबम भी थी। पुरानी तस्वीरों की। वज़ीरा उनमें कहीं नहीं था। लेकिन गुलमर्ग, युज़मर्ग, पहलगाम, चंदनवाड़ी में खींची हुई मेरी बचपन की तस्वीरें, मुझे किसी परी की कहानी

इल्सट्रेशन (illustration) लगती थी।

कॉलेज में थी, जब माँ से पूछा था मैंने।

"मैं कश्मीर देख कर आऊँ इन छुट्टियों में?"

"ख़बरें नहीं पढ़ती? देखती नहीं टी.वी. पर? क्या क़हर मचा रखा है कश्मीरियों ने?"

मैं कॉलेज ही में थी। जब टी.वी. पर देखा कोई क्रिकेट मैच था, और कश्मीरी नौजवान लड़के हिन्दुस्तान के ख़िलाफ़ नारे लगा रहे थे। बहुत से सिख भी शामिल थे उनमें।

फिर एक और वाक़या हुआ उन दिनों में। टैररिस्ट एक मिनिस्टर की लड़की को अगवा कर के ले गये। मैं कहने ही वाली थी कि "नानी को दिखाने ले गये होंगे।" मगर पापा का गुस्सा देख कर चुप हो गयी। पापा कमरे में टहल रहे थे। अचानक मुड़ के गरजे...

"समझौते किये जा रहे हैं। पकड़े हुए टैररिस्टों को छोड़ा जा रहा है। किसी आम शहरी की बेटी होती तो क्या होता? किसी के कान पर जूँ भी न रेंगती। ब्यान होते। डिस्ट्रर्ब (disturbed) वक़्तों में होता है ये सब! तक़सीम के दिनों में किया नहीं हुआ था?"

माँ ने पूछा– "तो पाकिस्तान के साथ कोई फ़ैसला क्यों नहीं कर लेते। वही तो ये सब करवा रहा है।"

पहली बार पापा के मुँह से सुना।

"अपने लोग भी कम नहीं हैं। हुकूमत में रहने के लिये, दोनों ही बेचारी भेड़ों की खाल उतारते रहते हैं।"

मुझे बुरा लगा। पता नहीं क्यों, मुझे कश्मीर बहुत अपना लगता था। न पापा वहाँ से थे न माँ। फिर भी...

उन्हीं दिनों पापा के ऑफ़िस में एक रोज़ देखा, एक ख़ूबसूरत कश्मीरी नौजवान नौकरी माँगने के लिये आया था। पापा ने पूछा,

"कहाँ से आये हो?"

बेचारा बड़ी दबी आवाज़ बोला– ''कश्मीर से, कशमीरी हूँ सर। दंगई नहीं हूँ। टैरेरिस्ट नहीं हूँ मैं।''

पापा ने बड़ी नर्मी से टाल दिया।

''इस वक़्त तो कोई जगह नहीं है। फिर कभी पता कर लेना।''

मैं जानती थी वो झूठ है। पापा किसी इंकवायरी के झमेले में नहीं पड़ना चाहते थे। उन दिनों बाक़ी मुलक में उतरे और बसे हुए कश्मीरियों पर पुलिस कड़ी नज़र रखती थी। कश्मीरी ही नहीं, मुसलमानों का नाम सुन कर ही लोग, जगह देने से इंकार कर देते थे।

एक बार पापा हस्पताल में थे। उन्हें देखने गयी थी। वहीं हमारे डॉक्टर बासू ने बात छेड़ दी। और मेरे रिश्ते की बात निकल आयी। मेरी पढ़ाई आख़री दरजों पर थी। मैंने हिन्दुस्तान टाइम्स में रिपोर्टर की नौकरी कर ली थी। माँ ने पूछा तो मैंने जवाब दिया–

''कर लूँगी, अगर वो हनीमून के लिये कश्मीर ले जाये तो!''

''कश्मीर अब...'' पापा ने हाथ के इशारे से कहा भूल जाओ।

इस से ज़्यादा बोल ही नहीं पाये। उन्हें बोलना मना भी था। मैंने माँ से कहाः

''तुम्हीं ने तो कहा था कि मेरा जन्म वहीं शुरू हुआ था।''

पापा ने हवा में हाथ लहराया और चले गये। हमेशा के लिये!!

अब इतने बरसों बाद अपने रूट्स को तलाश करने जा रही थी। दिल सीने में रबड़ की गेंद की तरह उछल रहा था, जब प्लेन श्रीनगर के एयरपोर्ट पर उतरा। एयरपोर्ट से बाहर आते ही जो देखा वो हिन्दुस्तान में और कहीं नहीं देखा था।

पहला ख़याल ये आया, क्या जंग शुरू हो चुकी है। क्या पाकिस्तान ने हमला कर दिया? श्रीनगर की सड़कों पर, कश्मीरी

कम, हिन्दुस्तानी फ़ौज ज़्यादा नज़र आ रही थी। टैंक, ट्रक, बन्दूक़ चेक पोस्ट हर सड़क पर बन्कर हर गली के मोड़ पर पहरा!

जिस बस में निकले, श्रीनगर पहुँचते-पहुँचते तीन जगह रुकी। तीन बार राइफ़लें ताने फ़ौजी अन्दर आये। इधर-उधर झाँक कर देखा। सामान टटोला।

"ये किस का है?"

"इस में क्या है?"

और फिर उतर गये। बस आगे चल दी।

इतनी सी देर में मेरी साँस घुटने लगी थी। तीसरी बार जब बस रुकी तो एक सिपाही ने जाते जाते, मुझे रेप करती नज़रों से देखा और पूछा–

"तू कहाँ जा रही है?"

मुझे तू का ख़िताब अच्छा नहीं लगा। मैंने धमका के पूछा–

"व्हाट् डू यू मीन? बाये वैर एम आई गोईंग?"

उसने एक लम्बी सी 'हूँ' की और मुड़ के नीचे उतर गया। मुझे लगा अंग्रेज़ी नहीं जानता था। लेकिन बस में कोई कुसका नहीं।

रहने के लिये मुझे एक नॉर्मल सी 'लॉजिंग' की ज़रूरत थी। चाहती थी डल के पास ही कोई जगह मिल जाये। पैसे होते तो ऑबेराय की ईंनेक्सी में जा के रहती।

झील डल पर काई की मोटी-मोटी तहें जमी हुई थीं और सब्ज़ा ऊपर तक आके सड़ रहा था। चन्द हाउस बोट थीं। एक किनारे पर गुजरिगों की तरह सहमी हुई खड़ी थी। उजड़ी हुई, ख़सता, शायद गलते गलते वहीं पानी में दफ़न हो जायेंगी।

बार-बार मेरी आँखों में आँसू भर आते थे। बार-बार मैं चिढ़ के पोंछ रही थी और कोस रही थी ख़ुद को। किस कश्मीर की बात कर रही थी? कहाँ है तेरा अख़रोट की लकड़ी का मुनक़्क़श पलंग जहाँ... मेरा गला मुस्तक़िल तौर पर रूँध गया। इसके बाद मैंने

आपनी नॉरमल आवाज़ नहीं सुनी..!

एक लड़की को कोई लॉजिंग हाउस या होटल में रखने को तैयार नहीं था। न मेरी अंग्रेज़ी काम आयी। न पर्स में पड़ा हिन्दुस्तान टाइम्स का आई-डेंटी कार्ड। पुलिस या मिलिट्री की मदद लेना और भी नामुनासिब लगता था। उनके साथ जुड़ते ही लोगों की आँखें फ़ौरन बेगानी हो जाती थीं।

ख़लील ने फिर अपनी ऑटो में सामान रखते हुए कहा मुझ से।

''आप अकेली ऐं मेम साब, कोई नेई रक्केगा। कशमीरी बोत डरते ऐं इन्दुस्तानी फ़ौजों से। किसी को भी पकड़ के ले जाते ऐं।'' और फिर... उसने वक़्फ़ा लिया।

''वो आदमी कभी वापस नेई आता। पता नेई किस जेल में गुम हो जाता ऐ।''

उसके अन्दर का गुस्सा ऑटो की गूगू पर उतर रहा था। पता नहीं अब कहाँ ले जा रहा था। वो बोले जा रहा था। शायद अपने अन्दर का डीज़ल जला रहा था।

''कोई आपको ओटल में नेई रक्केगा। फ़ौज को छापा मारने का बाहना मिल जायेगा। पकड़ ले जायेगा होटल वाले को। मालिक बुढ़ा होगा तो उसको नेई ले जायेगा। उस का जवान बेटा होगा, दामाद होगा, बांजा, बतीजा (भाँजा, भतीजा) कोई बी। उसको ले जायेगा। उनकी नज़र कश्मीर के नौजवान पर ऐं। सब ख़त्म करते जाते ऐं...''

उसकी आवाज़ तेज़ होती जा रही थी। अचानक एक गली में उसने अपना ऑटो रोक दिया और मुड़ के देखा मेरी तरफ़...

''आप लोग क्या चाहते ऐं। क्या चाहिये अमसे? अमको अमारे आल पर चोड़ दो बेन। अब तो अमारा सब्ज़ा भी लाल हो गया ऐं। अमारी ज़मीन की गास भी लाल हो गयी ऐं...!''

उस की आवाज़ भी मेरी तरह हो गयी मैं अपनी हथेलियों में मुँह ढाँप कर बैठी रही। हिन्दुस्तानी होने पर इतनी शर्मिन्दगी पहले कभी नहीं हुई मुझे।

ख़लील मेरा सूटकेस उठाये अपनी बुआ के घर में दाख़िल हुआ। बुज़ुर्ग थीं, अधेड़ उम्र की। अकेली थी वो।

"तुम इदर रुक जाओ बेन। अमारी बुआ के पास। अम रोज़ सुबह आके ले जायेगा। जिदर जाना होगा। अकेली मत जाना किदर..."

और मुड़ के चला गया। जाने किस बात पर आँखें पोंछता हुआ। न पैसों का पूछा। न किराये का।

मगर मैं मानी नहीं। बुआ को समझा कर अकेली निकल आयी। वो गली भी डल से बहुत दूर नहीं थी। किनारे किनारे चलती हुई, ऑबेराय पैलेस के सामने आ गयी। गेट बन्द था और दूर तक काँटेदार तारें खेंच दी गयी थीं। दाख़ले का रास्ता बदल गया था। मैं एक तरफ़ से तारें उठाकर, अन्दर दाख़िल हो गयी। कुछ परिन्दे फड़फड़ाये और आपस में बोले भी। कुछ उड़के दूसरी शाख़ पर बैठ गये। चौकन्ने हो गये। मैं धीरे-धीरे ऊपर पैलेस की तरफ़ चढ़ गई—

मेन इमारतों के बरामदों में छत से लेकर, ज़मीन तक तरपालें टँगी हुई थीं। होटल बन्द पड़ा था। एक हिस्से में फ़ौजियों की एक टुकड़ी रह रही थी। और उनका अपना फ़ौजी किचन चल रहा था। बरामदों में सीलन बस गयी थी। नाक पे रूमाल रख के चलना पड़ता था। इनेक्सी बन्द था। लान कूड़े कबाड़ से अटा पड़ा था। और दोनों चिनार मुँह फेरे सर झुकाये, हाथ बाँधे खड़े थे। गुलामों की तरह। उनके कन्धों में ख़म आ गया था। वो बूढ़े लग रहे थे।

घुटी घुटी साँस लिये मैं बुआ के पास लौट आई। बुआ ने बीच के मियानी में मेरा बिस्तर लगा दिया था।

सुबह-सुबह बच्चों की चहचहाने की आवाज़ सुनकर जाग गयी। जब से आयी थी, पहली बार कोई खुशगवार आवाज़ कानों में पड़ी थी। उठकर पीछे की खिड़की खोल दी।

बुआ के घर के पीछे ही क़ब्रस्तान था। जहाँ बच्चे आँख-मिचोलि खेल रहे थे। पुरानी गिरी टूटी क़ब्रों के बीच बेशुमार ताज़ा कच्ची पक्की मिट्टी से ढकी क़ब्रें थीं। शायद यही सब से महफ़ूज़ जगह थी उनके खेलने के लिये!''

मैं नीचे आयी तो बुआ थीं नहीं। गुसल के लिये पानी रखा था। तौलिया और साबुन भी था। मुझे आदत नहीं है ठंडे पानी से नहाने की, लेकिन अब ये होटल तो था नहीं।

आहिस्ता-आहिस्ता पहले हाथ से बदन गीला किया। पानी से मानूस क्या बदन को। बहुत ठंडा था। फिर नहाना शुरू किया। थोड़ी देर पानी डाला, तो पानी लिबास बन गया। रुकती थी तो ठंड लगती थी। नहाती गयी। नहाती गयी। और सारी रंजिश धुल गयी।

बुआ का एक जवान बेटा था। अज़ीज़ अली। कम्प्यूटर सीख रहा था, जब दुकान ही से पुलिस वाले पकड़ के ले गये। सुना है किसी पाकिस्तानी से मिला था। उसी के हवाले से पकड़ा गया। नौ साल हो चुके, अभी तक उसकी कोई ख़बर नहीं। जितनी लाशें इनकाउंटर में गिरती हैं। बुआ जा कर देख आती है। कभी थानों में, कभी मुर्दा घरों में। जिस जेल का ठिकाना पता चलता है वहाँ ढूँढ़ आती है। सारे कश्मीर की जेलें घूम चुकी है। मगर अब तक लौ की उम्मीद पर हाथ रखा हुआ है। जलती रहती है। मानने को तैयार नहीं। आँखें खुश्क हो चुकी हैं, लेकिन रोती हैं। मैंने कहा—

''बुआ हो सकता है पाकिस्तान चला गया हो। हो सकता है, तिहाड़ जेल में ले गये हों।''

"वो कहाँ है?"

"दिल्ली में...!" उसका चेहरा लटक गया। लेकिन मैं ये न कह सकी कि हो सकता है मर गया हो।

एक दिन सुबह-सुबह, पौ फटने से पहले सारे इलाक़े को घेर लिया गया। मिलिट्री के ट्रक चारों तरफ़ आकर खड़े हो गये। दो सर्च लाइट, दो ट्रकों पर लगा दी गयीं। और लाउडस्पीकर पर हुकुम हुआ कि सब लोग बाहर आकर कब्रस्तान में जमा हो जायें। तमाम घरों की तलाशी ली जायेगी। सहमे डरे लोग, मिनटों में ऐसे बाहर आ गये जैसे बहुत बार इसकी रिहर्सल कर चुके होंगे। दिन निकला। दोपहर हो गयी। भूखे प्यासे तमाम लोग, बग़ैर किसी हील-ओ-हुज्जत के अपनी-अपनी जगह पर बैठे रहे। घरों की तलाशी जारी रही।

दोपहर के वक़्त मैंने हिम्मत की। कर्नल से अंग्रेज़ी में जा के बात की। उसने बुआ को घर ले जाने की इजाज़त दे दी जो भूख प्यास से निढाल हो रही थी। बुआ को जब मैं घर छोड़कर लौटी तो लोगों की निगाहों में शक था। हिक़ारत थी और बेगानगी थी। मैं सहम कर, एक कोने में जा के बैठ गयी।

शाम होने से पहले मिलिट्री पुलिस का ड्रामा ख़त्म हो गया। लोग घरों को लौटने लगे। मैं लौटी तो बुआ के दरवाज़े पर ताला लगा था, और मेरा सारा सामान, सूटकेस समेत दरवाज़े के बाहर रखा था।

सामान घसीटती हुई मैं सड़क तक आ गयी। और डल लेक के किनारे बनी दीवार पर आकर बैठ गई। मैं सब कुछ खो चुकी थी जब एक शख़्स ने रुक कर पूछा—

"आप को किदर जाना ऐ मेम साहब?"

मैंने मुस्कुराने की कोशिश की।

"एक रात के लिये किसी बोट हाउस में ठहरना चाहती हूँ।"

"बोट आउस में तो अब कोई गेस्ट नेई रेता मेम साब! बोट

आउस ही नेई ऐ। इक आदमी ऐ, वो ख़ुद ही रेता ऐ। उसका अपना गर ऐ।''

''कहाँ...?''

उसने इशारे से बताया।

''वो उदर वज़ीरे का बोट आउस ऐ!''

''किस का...?'' मैं अचानक अपने पैरों पर खड़ी हो गयी। वो फिर बोला।

''वज़ीर अली, उसका नाम ऐ। बुज़ुर्ग आदमी ऐ।''

''मुझे वहाँ तक पहुँचा दोगे? मैं उससे रिक्वेस्ट करूँगी, मिन्नत करूँगी, रख लेगा। सिर्फ़ एक रात के लिये।''

कुछ हैरत, कुछ बेदिली के साथ वो शख़्स तैयार हो गया। और मेरा सूटकेस उठा लिया।

''चलो मेम साब। मगर वो किसी गेस्ट को लेता नेई ऐ। कोई आता बी नेई ऐ। गेस्ट तो क्या मेम साब...'' चलते चलते बोल रहा था।

''अब तो रूस और वो जाने कहाँ-कहाँ से बर्ड आते थे। वो भी नेई आते इस झील में।''

पता नहीं क्यों, मुझे उम्मीद हो गयी थी कि वज़ीर अली वही होगा। वज़ीरा। जो बचपन में मुझे चुरा के ले गया। या मैं चाहती थी कि ले जाता।

मगर वो नहीं निकला। वो कोई और था। फिर भी रात के लिये मुझे उस बोट हाउस पे रखने के लिये तैयार हो गया। मेरे लिये बिस्तर भी बिछा दिया। फ़र्श पर। वहाँ कोई मुनक़्क़श पलंग नहीं था।

अगले रोज़ मैं वापस आ गयी। एयरपोर्ट पर तीन बार, तीन जगह। पूरा सामान खोल कर चेक किया गया। मेरे 'ब्राज़' और पेंटियाँ झटक

झटक कर देखी गयीं। वो देख देख कर मेरी छातियों में दर्द होने लगा। हर जगह दो दो क़तारें थीं दो दो ख़ैमे थे और बॉडी सर्च के लिये औरतें जिस तरह छूतीं थीं, लगता था लेस्बियन हैं। सब-की-सब। तीसरे ख़ैमे में जब जूते मोज़े उतरवा के पूरे बदन पर हाथ फेरा और पूछा– "ये क्या है?" मुझे कहना पड़ा।

"माहवारी से हूँ। मैंस्ट्रल पीरियड चल रहा है।"

उसी वक़्त साथ के ख़ैमे से कोई पहचानी सी, रूँधी आवाज़ सुनाई दी।

"कौन है वहाँ?" मैंने पूछा। और तक़रीबन धकेल कर साथ के ख़ैमे में घुस गयी। सामने बुआ खड़ी थी। हाथ में दिल्ली का टिकट झूल रहा था। नाड़ा खुला था। शलवार नीच गिर गयी थी और कुरता उठाये, रस्सी की तरह फँसी आवाज़ में कह रही थी।

"तलाशी को बस यही एक जगह बची थी, वो भी देख लो..."

मुझे देखते ही उनकी घिग्गी बँध गयी।

"ये मैं कैसे मुलक में आ गयी हूँ? ये मेरा ही मुलक है क्या?"

और वहीं शलवार पर ढेर हो गयीं। मुझे ख़लील की चीख़ती हुई आवाज़ सुनाई दे रही थी।

"आप लोग क्या चाहते ऐं। क्या चाहिये अम से? अम को अमारे आल पर चोड़ दो बेन। अब तो अमारा सब्ज़ा भी लाल हो गया ऐ। अमारी ज़मीन की गास भी लाल हो गयी ऐ...!"

---

* ये अफ़साना 'हुमरा करेशी' के नाम!

एक ख़याल ना दिखता है, ना चुप होता है
ज़हन के सन्नाटे में इक झींगर है, बोलता रहता है!

स्वयंवर

सुबह-सुबह उसकी आँख खुल गयी... बहुत सुबह।

वो बहुत हैरान हुई उसकी आँख लगी कैसे? कब? स्वरन के कहने पर भी उसने नींद की गोली नहीं ली थी। रात को देर तक बैठकर जब वो टी.वी. पर फ़िल्म देख रही थी, तब भी वो बिल्कुल रिलेक्सड (relaxed) थी। फ़िल्म बहुत देखती थी। चालू क़िस्म की, मारधाड़ वाली। बहुत सच्ची लगती थी उसे। सब कुछ हो सकता है, और कुछ भी नहीं होता। यही तो ज़िन्दगी है। लेकिन अपनी ज़िन्दगी की आख़िरी रात वो जागते रहना चाहती थी। वो सो कैसे गयी?... 'बम' को नींद कैसे आ सकती है? वह तो सरापा एक मिशन है। और मिशन की आँख कैसे बन्द हो सकती है?...

उसे शक हुआ, रात स्वरन ने चोरी से उसकी कॉफ़ी में नींद की गोली तो नहीं घोल दी थी। स्वरन उसका मुहाफ़िज़ था। अगर वो अपने मिशन से चूके या कमज़ोर पड़े तो फ़ौरन गोली से उड़ा देगा उसे।

उसे एक पल गुस्सा आया। सर भन्ना गया। मैंने जब नहीं कह दिया तो नहीं। हरगिज़ नहीं। उसके साथ कोई ज़बर्दस्ती उसे बिल्कुल पसन्द नहीं। और एतबार ना करे, ये तो कभी बर्दाश्त नहीं हो सकता उसे। वो अपने ज़हन को बहुत अच्छी तरह जानती है वो कोई फ़ैसला आरज़ी तौर पर नहीं करती लेकिन दूसरे ही पल उसका गुस्सा ग़ायब हो गया। जब उसे याद आया कि कॉफ़ी तो उसने ही

उठकर बनाई थी। बल्कि उठते हुये उसने स्वरन से पूछा थाः

"कॉफ़ी?"

स्वरन ने इंकार में सर हिलाया था।

वो बैठा काग़ज़ पर अलजेब्रा के सवाल हल कर रहा था। अजीब शौक़ था ये भी।

जब टी.वी. बन्द कर के वो बिस्तर पर लेटी थी तो एक बार माँ का ख़याल आया था। और साथ ही वो मंज़र आँखों पर 'स्वीच ऑन' हो गया, जब नारियल के दरख़्तों में गाँव के सरदार ने, उसकी माँ का रेप किया था। उसने 'स्वीच ऑफ़' कर दिया। सरदार चीफ़ मिनिस्टर की ज़मीनों का ठेकेदार था। उसे तरस आने लगा था माँ पर। और इस जज़्बे से उसे सख़्त नफ़रत थी। पास ही पड़ा हुआ नारियल छीलने वाला गंडासा भी तो पड़ा था। माँ ने उठा के आँतें क्यों न चीर दी उस आदमी की। मंज़र पूरी तरह तहलील नहीं हुआ था। आँखों के पानी पर अभी तक तैर रहा था। उसने उठ कर बत्ती गुल कर दी। कलाई पर बँधी घड़ी में वक़्त देखा जो नज़र नहीं आया एक अन्दाज़ा सा हुआ था। तारीख़ अभी बदली नहीं। एक तारीख़ अभी बाक़ी है।

अब सुबह-सुबह देखा तो तारीख़ बदल चुकी थी। ये तारीख़ वो बदलते हुए देखना चाहती थी। लेकिन ये आख़री मौक़ा उसने गँवा दिया था – नींद में, आसमान पर बहुत ही हल्की सी रौशनी थी। मगर काफ़ी थी घड़ी देखने के लिये। वो उसी तरह बिस्तर में पड़ी रही। क्या वो सचमुच बहुत जल्दी सो गयी थी। लाशऊर (subconscious) में ज़रूर तनाव होगा। इसीलिए बत्ती गुल करते ही नींद आ गयी। लाशऊर की मनमानी भी उसे पसन्द नहीं आयी।

स्टोव की आवाज़ आ रही थी। स्वरन जाग चुका होगा। पता नहीं वो सोया भी कि नहीं। वो तो यूँ भी 'इनसोमनिया' (Insomnia) का मरीज़ था। सोये ना सोये, वो हमेशा एक ही सा रहता था।

अलजेब्रे के हिन्दसों की तरह। अचानक उसे लगा स्वरन की शक्ल भी अलजेब्रे के बीटा जैसी है। कान दोनों सिरों से बाहर की तरफ़ मुड़े हुए। मिला दो तो अंग्रेज़ी का एक्स (X) हो जाये। और नाक जैसे वाय (Y) को उल्टा लटका दिया हो। उल्टी लटकी गुलेल, और आँखें.... अलजेब्रे से कोई तशबीह नहीं मिली। इस अजीब से खेल पर वो खुद ही मुस्कुरा दी। अलजेब्रे से वो कितना घबराती थी जब स्कूल में थी। अच्छा हुआ ज़्यादा दिन नहीं पढ़ना पड़ा। ताड़ी बाज़ चाचा ने उठा लिया।

एक सर-सराहट सी हुई और उसने देखा, अलजेब्रे का हिन्दसा कॉफ़ी का प्याला लिये दरवाज़े में खड़ा था। बिल्कुल वैसा ही जैसे पहली बार उसने फ्रेम में लगी स्वरन की तस्वीर को देखा था। उसके दोस्त, 'नजम पल्ली' की कोठरी में। नजम पल्ली को, सरदार के लोग मार के उसके घर के बाहर फेंक गये थे, और वो अपने ताड़ी बाज़ चाचा को ढूँढ़ने वहाँ गयी थी। नजम, चाचा का छोटा भाई था। उस चाचा को उसने पहले कभी देखा नहीं था। सुना था हाई टाइड (High tide) में वो डोंगी लेकर खाड़ी के रास्ते कभी-कभी आया करता था, और गाँव के मल्ली लोग छुप-छुप कर उससे मिलने जाते हैं। इस नजम पल्ली की ज़मीन सी.एम. ने ख़रीदी थी। गाँव का सरदार सी.एम. का आदमी था। और सी.एम. प्रधानमंत्री का आदमी था और दिल्ली में रहने वाले प्रधानमंत्री को 'सुखा पूरम' के नजम पल्ली से ख़तरा था।

कॉफ़ी पीकर वो नहाने चली गयी। देर तक शावर (Shower) के नीचे बैठी रही। कोई ख़ास बात नहीं सूझी। इतनी मामूली क़िस्म के ख़यालात थे। कि जैसे साबुन की शक्ल उसे पसन्द नहीं आयी। ये भी सोचा कि आइन्दा के लिये वो साबुन बदल देगी। लेकिन आइन्दा कब? ये गुसल भी तो.... आख़री गुसल था। बीच में पानी चला गया। शावर बन्द हो गया। झुनझलाहट हुई उसे "ब्लडी शीट" – कल ही मकान

मालिक को जाकर... फिर कल? फ़िल्म का शॉट बीच ही में कट गया। आहिस्ता-आहिस्ता एक एहसास उघड़ रहा था। आख़री दिन का एहसास। इस आख़री दिन के साथ एक ड्रामे का एहसास भी असर कर रहा था हल्का-हल्का सा। अभी तक उसका पूरा त'असुर (Impact) नहीं पड़ा था। शावर फिर से शुरू हो चुका था

साबुन की झाग जो कुछ-कुछ सूख गयी थी। उसके ज़िस्म से उतरने लगी। साँप की केंचली की तरह। ख़यालात भी एक गुनजान गली के ट्रेफ़िक की तरह होते हैं। एक ख़याल पीछे से हॉर्न बजाता हुआ आया और ओवरटेक कर गया। वो तौलिया लेकर नहीं आयी। बग़ैर तौलिये ही के गुसलख़ाने में चली आयी। पहले तो ऐसा कभी नहीं हुआ एक बार फिर अपने लाशऊर से झुँझलाहट हुई। वो मानने को तैयार नहीं थी कि उसके ज़हन में कोई तनाव है। और जब तक वो ख़याल कोई और गली मुड़ गया। जब पानी बन्द किया और गुसल ख़ाने में ख़ामोशी हुई तो उसका जी चाहा कोई अनोखी सी बात करे आज। ऐसी कोई बात कि जीते रहने की सारी हसरत मिट जाये। ऐसी कोई बात, जिस से अच्छा सा 'दी एंड' लग जाये। एक सरसरी सी ख़्वाहिश पैदा हुई। फ़ोटो खिंचाने की। और जब तक नहा के बाहर आयी, ये ख़्वाहिश ज़हन में पुख़्ता हो चुकी थी। दिमाग़ ने बात तय कर ली थी। दूसरे कमरे में स्वरन को बताने गयी तो अब वो नहाने जा चुका था।

फ़ोटोग्राफ़र के यहाँ जाते हुए रास्ते में शिव मन्दिर आया। स्वरन ने उसकी तरफ़ देखा। टैक्सी रुकावाये या नहीं? उसे मालूम था वो उस मन्दिर में जाया करती है कभी-कभी, उसने भी देखा स्वरन की तरफ़। और गर्दन की जुंबिश से ही टैक्सी रोकने से मना कर दिया। मन्दिर जाना भी कुछ बे-मकसद लगा आज – या पता नहीं क्यों... जी नहीं चाहा। शायद डर लगा – भगवान से आँख मिलाने की हिम्मत नहीं हुई। या हौसला माँगने के ख़याल से अपने आप

पर रहम सा आया। वही लिजलिजा सा एहसास।

फ़ोटोग्राफ़र तक पहुँचते-पहुँचते उसने एक और फ़ैसला किया। राजकुमारी को ख़त लिखेगी। गाँव की सहेली उराकी। एक साल हुआ मिली थी उसे। शादी की ज़िन्दगी में पिस रही थी – घुट रही थी। उसके आँसू देख कर उसने थप्पड़ दे मारा था। उल्लू की पट्ठी। एक और मोटी सी गन्दी सी गाली दी थी उसने। राजकुमारी का मुँह खुले का खुला रह गया था।

"ओ माँ!... ये गाली तेरी ज़बान पर कैसे आयी। ऐसी गाली तो वो देते हैं।"

"तुझे?..."

"हाँ... सरदार उन्हें देता है... वो मुझे देते हैं।"

टैक्सी का शीशा खोल कर उसने बाहर थूक दिया। पता नहीं मुँह का स्वाद क्यों ख़राब हो रहा था। बाबूलाल फ़ोटोग्राफ़र के यहाँ पहुँचते ही गटागट दो गिलास पानी पी गयी वो।

बाबूलाल का बेटा शहर से आया था। चुस्त बाजुओं की जरसी पहने बहुत स्मार्ट लग रहा था। बातचीत में अंग्रेज़ी के लफ़्ज़ बहुत बोलता था। उसे अच्छा लगा वो। वो नया कैमरा लेकर आया था। उसी ने स्टूल पर बैठाया था उसे। पोज़ बनवाया बड़ा लम्बा सा नाम बताया था अपना और अंग्रेज़ी में ये भी कहा–

"तुम सिर्फ़ ए.के. बुला सकती हो। लोग ऐसे ही बुलाते हैं मुझे।"

उसने महसूस किया स्वरन आज कुछ ज़्यादा ही सिगरेट पी रहा था। ये दूसरा सिगरेट था जो उसने जेब से निकाला था। अचानक स्वरन बोला–

"ए.के. शाम को जलसा है सूखा पूरम में। सी.एम. के साथ

पी.एम. आ रहा है – चलना है?"

"अन्दर जाने देंगे?" ए.के. ने पूछा।

"मैंने कापी पेंसिल हाथ में ले ली है। तू कैमरा लटका ले गले में। मैं कह दूँगा मेरे साथ है।"

"पास है तेरे पास?"

वो बोली! "मैं हूँ नाँ!"

चौबीस घंटों में पहली बार हँसी वो – "मैं हार डालूँगी – तू फ़ोटू लेना।" ए.के. के साथ बे-तक़ल्लुफ़ी का लहजा अच्छा लगा उसे।

शाम बड़ी भीड़ थी जलसे में। उसके दिल की धड़कन तेज़ थी। सुनाई दे रही थी – लगता था कानों में 'वॉकमेन' लगा रखा है। उसका जबड़ा दर्द करने लगा था। ख़ौफ़ अगर था लाशऊर में, तो उसने दाँतों में दबा रखा था – ज़ोर से। स्वरन ने जितनी बार देखा उसकी तरफ़, जबड़ा हिलता हुआ दिखाई दिया। कुछ पिस रही थी दाड़ों में। क्या था....? गुस्सा, ख़ौफ़ या चीख़!!

अचानक शोर हुआ... पी.एम. आ गये – बत्तियाँ जल गयी थीं। आठ-दस कारों का एक कारवाँ आकर रुका। ब्लैक लाइट में ऊपर तक उड़ती हुई गर्द दिखाई दी। कारें नहीं दिखाई दीं। मुंडियों का एक हुजूम मेन गेट की तरफ़ लुढ़कता हुआ नज़र आ रहा था। 'वॉकमेन' की 'वोल्यूम' बढ़ गयी। ए.के. आगे-आगे था।

स्वरन ने कन्धे के थैले से हार निकाला और बढ़ाया उसकी तरफ़। लेकिन उसने देखा नहीं। हाथ पाँव लकड़ी के हो रहे थे। ख़ून की गर्दिश जाम होने लगी थी। स्वरन को फ़िक्र हुई। वो उसका पासबान था – और पास आ गया। स्वरन के दिमाग़ में अलजेब्रे के सवाल क़लाबाज़ियाँ खा रहे थे। उनकी रफ़्तार तेज़ हो गयी थी।

सामने से आती हुई, छँटती हुई भीड़ में अचानक पी.एम. का चेहरा उभरा, और उसने यूँ नज़र से फाँस लिया, जैसे काँटे से मछली फाँस ली जाती है।

जबड़े की हरकत बन्द हो गयी। ख़ौफ़ की हड्डी, दाढ़ के नीचे टूट गयी। ख़ून की गर्दिश धीरे-धीरे नॉर्मल होने लगी। स्वरन ने फिर देखा। उसका चेहरा अब रिलेक्स (relax) हो गया था। अब कोई ख़ौफ़ नहीं, कंफ्लिक्ट (conflict) नहीं। लेकिन अजीब लगी उसकी नज़र जो पी.एम. पर टिकी हुई थी। जैसे इश्क़ उमड़ आया हो। आँखें मुस्कुराने लगी थीं। जैसे लाड़ कर रही हों। और वो बड़े इत्मीनान से पी.एम. की तरफ़ बढ़ रही थी। सरदार भीड़ हटा रहा था। 'वॉलंटीयर्स' (volunteers) के साथ। वो तैर रही थी पी.एम. की तरफ़।

कई आँखें खिल उठीं उसके चेहरे पर। कानों पर, माथे, ठोड़ी पर, गद्‌दी पर। पूरा चौगर्दा नज़र आ रहा था उसे। स्वरन से हार लिया उसने और सचमुच ऐसे पहनाया, जैसे स्वयंवर की रसम में अपना जीवन साथी चुन लिया हो। साथ जियेंगे, साथ मरेंगे।

एक धमाके के साथ, वक़्त फटा और दोनों इतिहास में दाख़िल हो गये... अमर हो गये!!

विदाई

न तो कोई नाम था चिट्ठी पर, न पता। हाथ का लिखा रुक्क़ा था एक निहायत मामूली से लिफ़ाफ़े में। (गोरू ने) दरवाज़ा खोलते हुए अगर पायदान न हटाया होता उसने, तो शायद नज़र ही न आता। चोरी हो जाने के डर से, वो रोज़ पायदान अन्दर लेकर दरवाज़ा बन्द करता था। और जिसने भी चिट्ठी दरवाज़े के नीचे से डाली थी, वो इस बात से बेख़बर था कि अन्दर पायदान रखा है, और चिट्ठी उसके नीचे चली गयी है।

चिट्ठी में लिखा था....

'यांग सूई आयी है, वियतनाम से, तुमसे मिलना चाहती है। हम लोग शाम को श्यामल के घर मिल रहे हैं, अपनी नयी कवितायें लेकर आना।"

"कविता?"

गोरख पांडे को बात समझ नहीं आयी। कैसी कविता? न तो वो कवि है और न किसी कवि को जानता है इस हॉस्टल में। और कोई नाम भी तो नहीं है ख़त पर। न ऊपर, न नीचे। ख़त मोड़ के उसने जेब में रख लिया। बेड के नीचे से टटोल कर 'किड्ज़' निकाले, पहने और जॉगिंग के लिए निकल गया। यही उसका रोज़ सुबह का मामूल था। हॉस्टल से निकल कर, कॉलेज ग्राउंड पार करके, हाईवे के उस पार एक पार्क जो बन रहा था, उसके दो राउंड लगा कर वापस आता था। 'गोरख पांडेय' जिसे लड़के मशहूर

नेक्सलाइट गोरख पांडेय की निसबत से गोरू कह के बुलाते थे, बिल्कुल फ़िट था।

दो एक रोज़ बाद फिर वही हुआ। जॉगिंग से वापस आकर उसने अपने कमरे की सफ़ाई की। झाड़ने के लिये पायदान उठाया, तो फिर एक चिट्ठी मिली। वैसी ही, सादा से काग़ज़ पर लिखी, मामूली से लिफ़ाफ़े में रखी। इस बार भी नाम पता कुछ नहीं था। तारीख़ भी नहीं थी, हाँ इतना सा ख़ताब बढ़ गया था...

''दादा, बहुत मिस किया आपको। यांग सूई आज कलकत्ता जा रही है, वहाँ से वापस चली जायेगी। उसने आप का बहुत इंतेज़ार किया। ट्रेन से जा रही है। मिलने आ सको तो साढ़े चार बजे स्टेशन के बाहर आ जाना। मैं वहीं मिलूँगा –''

इस बार उसे हैंड राइटिंग कुछ अलग लगी। ज्यादा ठहराव से लिखा हुआ था, और हैंड राइटिंग फ़ीमेल (निस्वानी) लगी। उसने आख़री जुमला दोबारा पढ़ा। वहीं मिलूँगा! 'प', प्रीति या पुष्पा तो नहीं हो सकती। कोई 'पार्थव' होगा। उसी वक़्त ख़याल आया। पहला ख़त तो ट्रेक सूट की जेब में था। और ट्रेक सूट लांड्री में!...

राइटिंग टेबल का दराज़ खोल कर ख़त उसमें डाल दिया।

कुछ देर तक वो ख़त याद रहा। चाय पीते हुए और नाश्ता करने तक। एक छोटी-सी दलील अपने आप ही ज़हन में बन गयी थी। किसी का रोमांस चल रहा है। वैट नामी किसी लड़की के साथ, और जो मिलने नहीं गया है वो या तो रूठा हुआ है या झाँसा दे रहा है। कॉलेज पहुँचते-पहुँचते कहानी तहलील हो चुकी थी।

उसके बाद बहुत रोज़ तक कोई ख़त न आया। लेकिन सुबह या शाम को जब भी ध्यान आ जाये तो पायदान उठा कर देखने की आदत सी लग गयी उसे। आदत भी नहीं, बस यूँ ही, एक तजस्सुस सा, एक curiousty। लेकिन चिट्ठी थी किस के लिये? उसके पल्ले न

पड़ा। और उसने पता लगाने की कोशिश भी नहीं की।

उसके बाद फिर बहुत रोज़ तक कोई ख़त नहीं आया। कोई रुक्क़ा नहीं वैसे और बहुत कुछ हो रहा था शहर में। नंक्सलाइट मोमेंट (तहरीक) का ज़ोर बढ़ रहा था। कोई-न-कोई हादसा, कोई-न-कोई ब्लास्ट (स्पोट) हर रोज़ बढ़ रहा था। कॉलेजों में तलबा ही की नहीं, प्रोफ़ेसर की हाज़री भी कम होने लगी थी। ज़्यादा वक़्त लाइब्रेरी या कैंटीन में कटता।

कैंटीन में एक हल्की-सी खुसर-फुसर पक रही थी। उसने पकने दी। लेकिन जब बेचैनी महसूस होने लगी तो उसने पूछ ही लिया एक दोस्त से। दोस्त उसे जल्दी से बाहर ग्राउंड में ले गया और बोला–

"एक गोष्ठी होने वाली है शहर में। शायद राजपुर में।"

"कैसी गोष्ठी?"

"साहित्यिक है। लेकिन सियासी भी है। हो सकता है....." कान के और पास आकर बोला। "शायद गोरू भी आये।"

"वो कौन है?"

"तुम्हारा हम नाम। गोरख पांडेय!"

वो गोरख पांडेय भी बिहार ही से था, लेकिन नक्सलाइट तहरीक के दौरान बंगाल में काफ़ी मशहूर हो गया था। कॉलेजों के नौजवान, अख़बारों और रिसालों में उसकी कवितायें पढ़ के जोश में आ जाते थे। जब कभी उसकी नयी नज़्म (कविता) आती, तो शहर में एक लहर सी दौड़ जाया करती थी और लड़के लड़कियाँ, पुलिस से नज़र बचा के, ट्रामों और बसों में उसकी कवितायें चिपका जाया करते थे। लोगों ने उसे देखा नहीं था। उसकी तस्वीरें छपती थीं, लेकिन एक से दूसरी नहीं मिलती थी। कहते हैं, पुलिस को हमेशा उसकी तलाश रहती थी, इसलिए वो हर बार अपना हुलिया बदल लेता था। कुछ लोगों का तो ख़याल था कि उनमें से एक भी तस्वीर उसकी नहीं

थी।

नक्सलबाड़ी तहरीक, बंगाल से उमड़ के बिहार में ज़ोर पकड़ रही थी। गोरख बी.ए. का विद्यार्थी था। किसी भी सियासी तहरीक से दूर दूर तक लेना देना नहीं था। लेकिन लिट्रेचर का विद्यार्थी होने की निसबत से, गोरख पांडेय की नज़्में उसने पढ़ी ज़रूर थीं। और उनमें तपिश भी महसूस की थी।

एक और दोस्त ने कैंटीन में बैठे हुए कहा था एक बार।

"गोरू, एक बार सुन लोगे, तो कपड़ों में आग लग जायेगी।"

"तुमने सुना है?"

"अरे... इतना भाग्यशाली होता तो क्या ज़िन्दा बैठा होता तुम्हारे सामने? मेरी राख पड़ी होती यहाँ, पिलेट में!" और हँस दिया।

उसी दोस्त के साथ वो उस गोष्ठी में चला गया। लेकिन निश्चित कुछ भी नहीं था। गोष्ठी कहाँ होगी। कैसे होगी और कौन-कौन होंगे।

अभी आधे रास्ते ही में थे कि ट्रैफ़िक इधर-उधर डाइवर्ट (divert) होने लगा, कई जगह पर ट्रैफ़िक जाम हुआ। बादल चौक तक पहुँचते-पहुँचते जैसे सारा शहर ही जाम हो गया। स्टेशन रोड बिल्कुल ही बन्द कर दी गयी। पता चला कि ऐन चौक में एक बम फटा है। और पुलिस कमिश्नर की जीप उड़ गयी है। पुलिरा कमिश्नर बच गया। गोरख और उसका दोस्त बस छोड़ कर पैदल हॉस्टल तक वापस आये। कई घंटे लग गये।

रात को बिस्तर पर लेटे-लेटे अचानक पायदान पर ध्यान चला गया। गोरख ने उठ कर देखा। वैसा ही एक रुक्क़ा पड़ा मिला। बड़ी जल्दी में लिखा हुआ ख़त था। "संत एगनेस चर्च' (St. Agnes Church) के पीछे 'एस' (S) मिलेगी। गाड़ी रेडी होगी। कोहिमा के लिये।

और अब ज़रा भी देर न करें... 'पी' (P)!"

गोरख को कहानी के उधेड़बुन ही में नींद आ गयी।

सुबह-सुबह एक शोर ने जगा दिया। पुलिस ने सारा हॉस्टल घेर रखा था। सब को बाहर निकाल के, कम्पाउंड में लाइन से खड़ा किया जा रहा था। एक-एक कमरे की तलाशी ली जा रही थी।

अचानक एक सिपाही दौड़ा दौड़ा, इंसपेक्टर के पास आया। ''सर मिल गया। उसने साइनाट खा लिया है।'' इंसपेक्टर उसके पीछे-पीछे चला गया।

छब्बीस सत्ताईस साल का नौजवान होगा। चेहरे पर ख़ूबसूरत तराशी हुई दाढ़ी, रिमलेस चश्मा अभी तक उसके चेहरे पर लगा हुआ था।

''किस कमरे से मिला?'' एक ने पूछा।

''फ़िफ्टी वन।'' वो गोरख के साथ वाला कमरा था।

''है कौन?'' गोरख ने पूछा।

''जानते नहीं? मशहूर नक्सलाइट गोरख पांडेय!'' गोरख एकदम सुन्न हो गया।

''बहुत दिनों से ख़बर थी। आज कल हमारे शहर में है। कहीं छुपा हुआ है।''

''ऊफ़! हमारे ही हॉस्टल में था और किसी को ख़बर तक नहीं।''

गोरख के हाथ ट्रेक सूट की जेब में थे और मुट्ठी में वो ख़त मसल रहा था, जो ट्रॉउज़र (trouser) के साथ ही लांड्री से धुल के आया था।

पंचनामा तैयार करते हुए, पुलिस इंसपेक्टर हॉस्टल वार्डन को वो छोटा सा ख़त दिखा रहा था, जो उसकी जेब से निकला था। बंगाली में लिखा था—

''ऐ बार विदाई दे माँ, घोरू आशी।''

(इस बार विदाई दे माँ। ज़रा घूम के आता हूँ।)

अठन्नियाँ!

चन्दू, तीसरी जमात से जो भागा, तो सीधा बम्बई आके दम लिया। ये और बात है कि आज वो मिनिस्टर साहब के बंगले पर नौकरी करता है। लेकिन उसे याद है सब!

तीन दिन तक, रात-दिन जागने के बाद, जब पहली बार भायखला के फ़ुटपाथ पर सोया था तो आधी रात को हवलदार ने ठुड्डे से जगा के पूछा था।

"क्यूँ भाई? कौन सी यू.पी. से आया है?"

"फ़ैजाबाद से।"

"अच्छा...? निकाल अठन्नी! फ़ुटपाथ पे मुफ़्त में नहीं सोने का – क्या?"

चन्दू को लगा – उसे किसी फ़िल्म गें देखा है। वहाँ भी 'क्या?' बोल के बात करता था।

"पैसे नहीं हैं मेरे पास। इसीलिये तो शहर आया हूँ।"

"ये शहर नहीं है। मुम्बई है – क्या?... महानगर बोलते हैं इसको। चल निकाल अठन्नी।"

पास पड़े झुमरू की आँख खुल गयी।

"ऐ देवा... क्यूँ तंग करता है?... ये ले अठन्नी और सोने दे।"

झुमरू ने तकिये के नीचे बिखरे चिल्लर से एक अठन्नी उठायी और उछाल दी उसकी तरफ़। देवा ने लपक ली और बोला–

"तेरा कोई सगे वाला है क्या? तू तो मलिया है साला।"

हवलदार हाथ की अठन्नियाँ बजाता हुआ आगे बढ़ गया।

चन्दू को समझ नहीं आया। कैसा शहर है यार। मारता भी है। पालता भी है।

बाक़ी रात उसे फिर नींद नहीं आयी।

सुबह उठ के झुमरू से मुलाक़ात हुई।

"गाँव से आया है? बालों में तेल लगा के हीरो बनेगा?"

"नहीं यार मैं तो...

"ऐ..."

झुमरू ने डाँट दिया।

"यार होते हैं रंडियों के। अपन को चाचा कह के बुलाना। सब यही बोलते हैं। झुमरू चाचा।"

चन्दू थूक निगल के चुप हो गया। झुमरू बोलाः

"देवा फिर आयेगा। हफ़्ते की अठन्नी लेता है यहाँ सोने की।"

चन्दू का चेहरा पीला पड़ गया।

"ये हल्दी होने से काम नहीं चलेगा। मिर्ची बनो। लाल मिर्ची।"

झुमरू फिर बोला।

"चल चौपाटी पे भाषण है आज। पाँच रुपया मिलेगा।"

"करना क्या होगा?"

"भाषण सुनना पड़ेगा। ताली बजानी होगी। और 'जय हो' बोलना पड़ेगा।"

चन्दू मुस्कुराया।

"इसके लिये पाँच रुपये मिलेंगे?"

"हाँ! पन फिफ्टी पर्सेंट अपन का होगा। देख पार्टी (पाल्टी) से दस रुपया मिलता है। देवा पाँच काट के, पाँच अपन को देता है।

अपने फ़ुटपाथ से उसको पचास आदमी का आर्डर मिला है। मेरे को जुगाड़ करना है – समझा?"

चन्दू ने सर हिला दिया।

"हो!" मराठी का पहला शब्द उसने यही सीखा था।

एक बार फिर चन्दू को वही लगा। अजीब शहर है! पालता भी है। काटता भी है।

झुमरू ने कहाः

"अपन सब कोमड़ी के माफ़िक़ है।"

"कोमड़ी क्या?"

"मुर्गी – ये नगर सब को दाना फेंकता है। हम लोग कोमड़ी के माफ़िक़ टुक-टुक चुगते रहते हैं। फिर जब कोमड़ी पल जाती है तो उसको काट देता है।"

"कौन काटता है?"

"राजा लोग।"

"राजा कौन है?"

"इधर दो क़िस्म का लोग राज करता है। एक तो पार्टी वाला है। बात करता है। भाषण देता है। नोट देता। वोट लेता है! दूसरा गोली चाक़ू चलाने वाला है। माल देता है, जान देता है। कभी जान लेता है, माल देता है!"

"तुम्हारा मतलब गुंडे लोग!"

"गुंडे तो दोनों हीच हैं। लेकिन दोनों का स्टाइल अलग-अलग है।"

चन्दू को महानगर के तरीक़े सीखते वक़्त नहीं लगा।

अगली बार देवा के साथ एक पार्टी वाला आदमी आया था। उसने आदमी गिने और पूछा–

"नेताजी बोलेंगे, 'मुम्बई कोणाची' तुम लोग क्या बोलोगे?"

सबने एक आवाज़ हो कर कहा–

"मुम्बई आम्ची!"

"ऐ मदरासी... मराठी में बोलने का। तमिल में नहीं। क्या बोलेगा?"

"मुम्बई आम्ची!!"

"गुड!",

वो चला गया तो चन्दू ने देवा से पूछा।

"भाऊ!"

उसने दूसरों को सुना था देवा को इस नाम से बुलाते। उसका चेहरा फ़ौरन नर्म पड़ जाता था।

"भाऊ... इस पार्टी वाले को कितना पैसा मिलता होगा, एक आदमी बुलाने का?"

देवा का लहजा सख़्त हो गया।

"तेरे को क्या?... तुझे पाँच अठन्नी मिला ना?"

"पाँच अठन्नी से क्या होता है भाऊ?"

"पाँच हफ़्ते सोने का भाड़ा हो गया ना?"

"सोने का हो गया। खाने का क्या करूँ भाऊ?"

"क्या हम बुलाया था तेरे को? कौन से यू.पी. से आया बोल?"

"फ़ैज़ाबाद!"

"फैज़ाबाद में कौन देता था खाने को? क्या... बोल?"

चन्दू ने इतना बड़ा झूठ बोला कि वो ख़ुद ही हिल गया। उसके होंठ फड़-फ़ड़ाने लगे।

"ह... ह्ह... हम लोग खेतों में मज़दूर थे। वो कुछ टैरेरिस्ट लोग आये और ताड़-ताड़ गोलियों से सबको भून दिया। मेरी पूरी फ़ैमली माँ-बाप भाई बच्चे सब..."

उससे आगे वो कहानी नहीं बना पाया। काँपने लगा। लेकिन भाऊ का चेहरा नर्म पड़ गया। उसने समझा सच बोल रहा है।

"मैं देखता हूँ। कोई काम लगा देता हूँ तेरे को। कुछ लिखना पढ़ना आता है?"

"हिन्दी की तीन जमात पढ़ा हूँ गाँव में।"

"अपना नाम लिख लेता है?"

"हो!"

"मेरा भी लिख सकता है?"

"हो!!"

"कल से मेरे साथ चल। मेरे को हफ़्ते का डायरी भरना होता है। अपनी हिन्दी अच्छी नहीं। राष्ट्र भाषा है ना। क्या करने का। लिखना पड़ता है। वही बोल के नौकरी मिला था। वो साला... ... एक है चार अठन्नी लेता है, भर के देने का। इस नगर में कोई काम फोकट में नहीं होता – क्या?"

चन्दू का काम बन गया। मगर उसने पूछाः

"भाऊ तुम सारा हिसाब अठन्नियों में क्यूँ रखते हो?"

भाऊ आधा हँस के बोलाः

"अपने जैसे 'कौमन मैन' के पास सब कुछ आधा हीच होता है। आधा खाना, आधा सोना, आधा हँसना, आधा रोना, आधा जीना, आधाच मरना... ये अठन्नी साला कभी पूरा रुपया नहीं होता है।"

फिर रुक के बोला–

"है ना ऊपर की बात?... अपन को एक (hushed tone) नक्सलाइट बोला था।"

चन्दू भाऊ के साथ रिपोर्टर की तरह जाने लगा। वो जो भी करता था। चन्दू से कहता था, 'लिख ले'! चन्दू भाऊ की खोली में ही रहने लगा। कभी-कभी खाना बना कर पहुँच जाता। जहां भी ड्यूटी होती।

भायखला के नीचे वो 'सारवी' होटल के पीछे से निकलती हुई एक गली है, उस पर एक आदमी ख़ोंचा लगाता था। बड़ा उर्दू जैसा लगता था। लाइसेंस नहीं था। भाऊ पहुँच गया एक दिन, डायरी निकाली और पूछाः

"क्या बेचते हो तुम?"

वो ख़ास लखनवी लहजे में बोला।

"ख़मीरे की गुलकन्दियाँ!"

भाऊ चौंक गया।

"क्या?"

"ख़मीरे की गुलक़न्दियाँ, साहब!"

"वो क्या होता है?"

"खा के देखिये।"

"हूँ – अपन चा नाव काये?" वो मराठी में बोला– "नाम क्या है?"

"इस्हाक़ुल रहमान सिद्दीक़ी।"

भाऊ ने ज़ोर से कहा–

"हिन्दी में बोल, हिन्दी में।"

उसने दोहराया।

"इस्हाक़ुल रहमान सिद्दीक़ी।"

भाऊ ने लम्बी साँस ली। पैनसिल डायरी पर रखी और पूछा।

"छोटी 'इ' कि बड़ी 'ई'?"

"वो क्या है साहब?"

भाऊ ने डायरी बन्द की और बोला–

"देख मैं छोड़ देता है तेरे को। लेकिन रिपोर्ट में ये नहीं चलेगा। रिपोर्ट में तू बाबू है, और आलू बेचता है। क्या?"

इतने में चन्दू पहुँच गया। भाऊ बोला–

"लिख ले – नाम है बाबू, बेचता है आलू...! चन्दू चार अठन्नी रखवा ले।"

और ये कहते हुए आगे बढ़ लिया।

एक बार फिर कुछ ऐसा ही हुआ। चन्दू को बुख़ार था वो गया नहीं। भाऊ ने आ के बताया।

"वो है ना... विनायेक रावचा रास्ता।"

ये उन दिनों की बात है जब देवा की तब्दीली, वार्डन रोड की तरफ़ हो चुकी थी। और खोली अब वर्ली में थी। चन्दू ने फिर पूछा।

"हाँ तो विनायेक राव मार्ग पर क्या हुआ।" चन्दू को सब रास्तों के नाम याद थे।

"एक गाय मर गयी।"

"किस की थी?"

"पता नहीं। वो जो गाय लोग रोड पर इधर-उधर घूमती रहती हैं परिवार के साथ। उसको भी उसी रोड पर आकर मरना था साला। इतना बड़ा नाम... विनायेक राव पट्टवर्धन मार्ग! कौन लिखता?... हिन्दी में?"

चन्दू हँस पड़ा।

"फिर क्या किया?"

"दो घंटा लगा। दुम से खैंच खैंच के, खैंच खैंच के दम निकल गया साला... दो घंटे लगे... दो घन्टे में ले जा के सामने वाली रोड पर डाला।"

"वहाँ क्यूँ?"

"बापू रोड! और लिख दिया।"

"अठन्नी किसने दी?"

"जिसके दरवाज़े पर मरी थी।"

भाऊ और चन्दू की दोस्ती अब कई साल पुरानी हो गयी थी। इस बीच में भाऊ ने कई जगह उसे काम पर लगाया, और कई जगह छुड़ाया। और फिर एक बार, एक पार्टी वाले से कह के, एक मिनिस्टर के उधर चौकीदार लगवा दिया।

चन्दू अब पूरा मुम्बई वाला बन चुका था। मिनिस्टर साहब को भी बहुत भरोसा था उस पर। अपने निजी काम भी उसी को देते थे। ब्रीफ़केस पहुँचाना और ब्रीफ़केस लाना। अब उसी का काम था।

उसने अठन्नियों में गिनना छोड़ दिया था। लेकिन बीच-बीच में अठन्नियों का लेन-देन चलता रहता।

एक दिन एक बड़ा धमाका हुआ। बँगले पर!

मिनिस्टर साहब दफ़्तर में थे। चौंक कर खड़े हो गये। उसके साथ ही धाड़ से चन्दू आ के गिरा फ़र्श पर। उसके पीछे एक बन्दूक़ वाला, ए.के. - 47 लिये खड़ा था।

''क्या...? क्या..? ये क्या है?''

और डाँट के बोले।

''चन्दू!! अन्दर क्यूँ आने दिया इसे?''

''मैं कहाँ... साहब। ये मुझे लेकर अन्दर आ गया।

वो लड़खड़ाता हुआ खड़ा हो गया। बन्दूक़ की नोक पर।

''कौन हो भई तुम?...'' मिनिस्टर की आवाज़ बन्दूक़ देख कर नर्म पड़ने लगी।

''तुम्हें क्या लगता है?''

''तुम तो... कोई टैरेरिस्ट लगते हो भई!''

टैरेरिस्ट मुस्कुराया। मिनिस्टर भी मुस्कुराया।

''इसे क्यूँ पकड़ रखा है?'' मिनिस्टर ने चन्दू की तरफ़ इशारा किया।

''ये मेरा 'होस्टेज' है।''

मिनिस्टर ने भी मज़ाक़ किया।

''मेरा भी वही है!... 'होस्टेज'!''

''कब से?... ये तो बाहर घूम रहा था।''

''मुझे तुम्हारी तरह बन्दूक़ नहीं दिखानी पड़ती। होस्टेज बनाने के लिये।''

''तो कैसे पकड़ के रखते हो?''

''पहले नोट से, फिर वोट से। पाँच साल के लिये।''

''और फिर...?''

"हर पाँच साल के बाद, हम मियाद रिनिव (renew) कर देते हैं।"

टैररिस्ट ने पैंतरा बदला। बन्दूक़ सँभाली और बोला–

"ये Leave and License का सिस्टम अब नहीं चलेगा।"

"तो क्या चलेगा?"

"इसी से पूछो। मेरे तुम्हारे बीच यही कौमन है। कौमन मैन!!"

मिनिस्टर ने चन्दू से पूछा–

"बोलो... एक बार गोली खा के मरना अच्छा लगता है तुम्हें?... या..."

टैररिस्ट ज़रा सा सामने आया।

"... या... तिल तिल कर के... हर पाँच-पाँच साल में मरना अच्छा लगता है?..."

चन्दू रुका ज़रा सा, दोनों को देखा। फिर जेब में हाथ डाला।

टैररिस्ट ने धमका के पूछा–

"क्या है जेब में?"

चन्दू ने आराम से जवाब दिया।

"कुछ नहीं एक अठन्नी है। टॉस (Toss) कर के देखता हूँ।"

एक क़दम आगे बढ़ा। और जैसे ही अठन्नी उछाली, वो दोनों चिल्लाये।

"हैड!!"

शुक्र है वो अठन्नी वापस नहीं आयी। वरना... उसके दोनों तरफ़ चन्दू का हैड था!

बड़ा होने लगा था, फिर ख़याल आया...
मैं पूछूँ तो सही, कितना ज़रूरी है बड़ा होना!

गागी और सुपरमैन

'सुपरमैन' के विडियो कैसेट और कॉमिक्स बुक्स का ढेर लग गया था मेरे घर पे। शुरू-शुरू में तो उनके ढेरयाँ सिर्फ़ बच्चों के कमरे ही में नज़र आती थीं। लेकिन आहिस्ता-आहिस्ता वो, सरक सरक के मेरे बुक शेल्फ़ में भी सरायत करने लगीं। एक किताब निकालूँ तो दो तीन सुपरमैन नीचे आ पड़ते। थोड़ी देर उलझन होती और फिर मैं भी कहीं न कहीं, किताबों के पीछे ही धकेल देता उन्हें। दो तीन बार ये भी हुआ कि मैंने उमी से कहा।

"ये सब निकाल के रद्दी में क्यों नहीं बेच देतीं?"

"मम्मी नो...!" बुचकी पता नहीं कहाँ से निकल आयी। उसके हाथ में उस वक़्त भी एक सुपरमैन बुक थी। अंग्रेज़ी में बोली:

"पापा! हाऊ कैन यू?.... सुपरमैन इज़ सुपरमैन! आप अपनी थोड़ी सी किताबें बेच दो ना। सुपरमैन को भी तो जगह चाहिए।" उमी हँस के वापस चली गयी, ये कहते हुए।

"अभी तो विडियो आने बाक़ी हैं। इन का कमरा भर चुका है।"

"लेकिन इतने सारे आते कहाँ से हैं?"

"गागी लाती है!"

गागी मेरी बेटी की हमउम्र थी, हम जमात भी। लेकिन स्कूल अलग-अलग थे। आधी से थोड़ा कम मेरे घर में पली थी और बाक़ी

अपने माँ-बाप के साथ। विकास देसाई और अरुणा राजे। वो ग्यारह बरस ज़िन्दा रही।

दिन-रात बस यही काम था इन बच्चों का। टी.वी. पर सुपरमैन देखना और सुपरमैन कॉमिक्स बुक्स पढ़ना। मना करते तो फ़ौरन अपनी मार्क्स शीट दिखा देते। ये तीनों चारों बच्चे, सभी अव्वल रहते थे अपनी क्लास में। सिर्फ़ पढ़ाई में ही नहीं। हर काम में।

एक दिन बहुत तंग आया, तो मैंने सबको डाँट दिया। गागी बोलीः

"अंकल, सुपरमैन इज़ लाइक गॉड! गॉड के जैसे वो भी सब कुछ कर सकता है!" बड़ी हाज़िरजवाब थी गागी।

नौ बरस की थी। जब पता चला था, उसे कैंसर है। बोन कैंसर! पग्गी और बुचकी! पग्गी बसु की बेटी थी। फ़िल्मकार होने की वजह से हम लोग अक्सर मिलते रहते थे, और इसलिए हमारे बच्चों का किसी एक घर में जमा हो जाना स्वाभाविक हो गया। मेरी वाइफ़ क्योंकि साथ नहीं थी। इसलिए मेरे यहाँ सब बच्चे ज़्यादा आज़ादी महसूस करते थे। ज़्यादातर अड्डे यहीं जमते थे।

बैंगलोर में एक बार एक साथ थे हम। विकास को स्विमिंग का बहुत शौक़ था। उस का ज़्यादा वक़्त स्विमिंग पुल ही में गुज़रता था। वहीं बच्चों को स्विमिंग की मशक़ भी कराता, और उनके साथ पानी के खेल खेलता रहता था। जसामत से ज़रा भारी था वो। गागी ने एक बार कहाः

"पापा, आप इतने मोटे हैं। पानी में डूबते क्यों नहीं?"

"पानी में बड़ी ताकत है बेटा। बड़े-बड़े जहाज़ भी उठा लेता है।"

"मेरी घड़ी तो डूब गयी थी!"

विकास लाजवाब होकर अरुणा की तरफ़ देखा। अरुणा की हँसी छूट गयी, और देर तक हँसती रही। विकास खिसियाना महसूस

करने लगा तो हम उठ कर कमरे में चले गये। विकास जब गागी को लेकर आया तो वो थोड़ा-थोड़ा लँगड़ा रही थी। सब से पहली अलामत गागी के पैर से वाज़य हुई। जब गागी को चलने में तकलीफ़ हुई तो उसके पैर का इलाज शुरू हुआ। कई तरह के जूते बदले और बनवाये गये। लेकिन उसके पाँव का दर्द नहीं गया। 'कथक' सीखने का बहुत शौक़ था उसे। वो बन्द हो गया। लेकिन मुँह ज़बानी तोड़े बहुत बोलती थी। गाड़ी की तरफ़ भागते हुए। सीढ़ियाँ उतरते हुए। "तर कट ता थई थई.... तर कट ता थई थई...."

संगीत यूँ भी उनके घराने में था। छोटे दादा संगीतकार थे। वसन्त देसाई।

जब टाँग का दर्द मुसलसल रहने लगा, तो स्कूल के मामूल में भी वक़्फ़े आने लगे। गागी कभी-कभी कथक क्लास की ख़्वाहिश ज़ाहिर करती थी। इसलिये अरुणा ने घर पर एक डांस मास्टर का इन्तज़ाम कर दिया। लेकिन गागी अपने पाँव से, भारी घुँघरुँ पहन के, चलने का लुत्फ़ लेती थी। नाच नहीं पाती थी।

पहली बार डॉक्टर अधिकारी को शक हुआ कि तकलीफ़ पैर में, या टख़नों में नहीं, पिंडली की हड्डी में है। एक्सरे से भी कुछ पता नहीं चला, तो दूसरे टेस्ट शुरू हो गये। विकास अपने चचा वसन्त देसाई के यहाँ शिफ़्ट कर गया, जिनका घर 'जसलोक' अस्पताल के बिल्कुल सामने था। पेडर रोड पर।

अधिकारी को शक हो गया था, लेकिन दो तीन महीने तक वो अपनी उम्मीद के टेस्ट लेता रहा। आख़िर एक दिन उसने रिपोर्ट दोनों के सामने रख दी। गागी बाहर के कमरे में बैठी थी। अरुणा और विकास, सन्नाये हुए अन्दर बैठे रहे। गागी का कैंसर साबित हो चुका था।

जब उठे तो दोनों ने क़सम खाई कि गागी के सामने रोयेंगे

नहीं। कभी नहीं!... अकेले में कौन कितना रोया है, पता नहीं, लेकिन सच है कि हमने उन्हें बाक़ी दो साल, इस अलमिये को बड़ी ज़िन्दादिली से लड़ते देखा। गागी की उम्र उस वक़्त नौ बरस की थी।

पुराने दोस्त, नयी सहेलियाँ, आंटियाँ और अंकल, और खेल, और विडियो, बन्दर वाला और भालू वाला.... क्या कुछ नहीं हुआ गागी के कमरे में। गागी को कुछ सोचने का वक़्त नहीं दिया गया। विकास और अरुणा ने हस्पताल की संजीदगी, घर तक नहीं आने दी। मुझे हैरत होती थी उन दोनों के हौसले पर। गागी उन दिनों 'अंताक्षरी' में एक्सपर्ट हो गयी थी। जब बाक़ी इलाज हार गये और बात ऑपरेशन पर आकर रुक गयी... तो गागी को अमरीका ले जाया गया। अब गागी जानती थी, उसे कैंसर हो गया है।

"लेकिन पैर में क्यों पापा?"

"बोन कैंसर है बेटा। टाँग की हड्डी है। ऑपरेशन से ठीक हो जायेगा। फैलने से पहले उसे कुरेद के निकाल देंगे।"

अमरीका में कई महीना इलाज चला। 'केम्यूथेरेपी' की वजह से गागी के सारे बाल चले गये। वो अपने सर पे हाथ फेर के डर जाती थी, और डरी-डरी आँखों से माँ-बाप की तरफ़ देखती, तो वो हँस के कहते थे।

"गन्जू...! दो महीने बाद फिर बाल आ जायेंगे तेरे!"

"भई, मुझे तो गन्जी अच्छी लगती है। यही तो नया स्टाइल है।"

"हाये युल ब्रिन्यर (Yule Brinier)!"

मेरा ख़्याल है गागी को माँ-बाप की हँसी पे बहुत यक़ीन था कि वो ठीक हो जायेगी। डॉक्टर ने भी यही उमीद दिलाई थी, जब उसकी टाँग पर पलास्टर बाँध कर वापस भेजा था।

अमेरिका से वापस आने के बाद, कुछ ही दिनों में उसकी टाँग से सड़ाँघ आने लगी। बड़ी तकलीफ़ होती थी। डॉक्टर अधिकारी के

बजाये, इस बार कोई और डॉक्टर आया। उसने फ़ौरन प्लास्टर खुलवा दिया। टाँग में जगह-जगह ज़ख़्म हो गये थे। सब कहते थे कैंसर तो नहीं है। लेकिन इलाज भी कोई नहीं कर पा रहा था। डॉक्टर दवाइयों की तरह बदलने लगे। तीन महीने के अन्दर-अन्दर, इस डर से कि कहीं से फिर कैंसर न उगने लगे, गागी की दायीं टांग काट दी गयी... और उसे कथक, बिजली के क्रेमटोरियम (crematorium) में ले जाकर, जला दिया गया। बाक़ायदा मुर्दे की रसूमात के साथ!

गागी की नज़र छत से नीचे उतरी तो उसने बड़ी चुप सी आवाज़ में पूछाः

''पापा, गॉड मुझे क्यों पनिश (punish) कर रहा है? मैंने तो कुछ किया भी नहीं।''

अरुणा ने उन्हीं दिनों में, कृष्ण की मूर्ति कमरे में लाकर रख दी थी। धूप जलाती थी और दिन-रात दीया जलता रहता था उसके सामने। प्रायश्चित के तौर पर मास-मच्छी खाना, सब छोड़ दिया... हालाँकि गागी, कभी-कभी कबाब या टिक्का माँग लेती तो मना नहीं करते थे। डॉक्टर से पूछ भी लिया था। उसने इजाज़त भी दे दी थी।

एक रोज़ जब नया डॉक्टर दाख़िल हुआ तो गागी ने पूछा था—

''फिर डॉक्टर बदल लिये पापा?''

''हाँ बेटा! उस डॉक्टर से कुछ नहीं हो सका।''

''इस गॉड से भी तो कुछ नहीं हुआ, पापा। और कोई गॉड नहीं है?''

अरुणा जैसी बात तो नहीं थी। पता नहीं क्यों उसके मुँह से निकला।

''वो सुपरमैन के जैसा ही है बेटा। किताबों में सब कुछ कर लेता है।''

घगू और जामनी

घगू – सरू की शाखों में छुप कर रोज़ उस पतंग का इन्तज़ार किया करता था। जो बाग़ के उस तरफ़ से उड़ती थी और देर तक झूमती थी आसमान में। उसे प्रेम हो गया था उस पतंग से। हर रोज़ वही पीला और जामनी रंग। कभी इस लय, कभी उस ताल! वो सचमुच उसे कोई परिन्दा ही समझता था।

बहुत बार वो उड़ कर उसके पास से गुज़रा, और अपनी ज़ुबान में कहा भी–

''तुम्हारे दोनों पंखों के रंग अलग-अलग हैं। एक पीला एक जामनी, तुम बहुत ख़ूबसूरत हो।''

और हर बार वो ख़म खाकर नीचे की तरफ़ उतर जाती, और वो समझता शर्मा गयी है। एक बार उसने अपने घोंसले में चलने की दावत भी दी। लेकिन वो इठलाती हुई ऊपर उठ गयी। और कोई जवाब न दिया। जब भी वो पास जाता वो हट जाती। उसने दूर ही से कहा:

''जब इस तरह इतराती हो तो बहुत अच्छी लगती हो।''

फिर भी उसने कोई जवाब न दिया। वो उसकी आवाज़ सुनने को तरसता रहा। घगू को दिन में कई बार उसकी याद आ जाती। और वो देर तक बाग़ के उस तरफ़ मँडराता रहता। जिस तरफ़ से वो आया करती थी। शायद किसी पेड़ या किसी छत पर नज़र आ जाये। कई बार तो वो अपना दाना चुगना भी भूल जाता और कभी

कोई अच्छा टुकड़ा ख़ुराक का मिल जाता तो चोंच में लिये उड़ता रहता। वो मिले तो उसे खिलायेगा। कुछ अच्छे-अच्छे तिनके और तागे उसने जमा कर लिये थे। एक घोंसला सजाना शुरू कर दिया था। उसे घर लाने के लिये। सभी नर पंछी अपनी मादा के लिये घर बनाया करते हैं। वो उन सब से अच्छा बनायेगा।

बहुत दिनों बाद उसे पता चला कि वो क़ैदी है, और उसकी पीठ पर, बड़ी तेज़ चमकती हुई एक डोर बँधी है। धागे की तरह पतली और महीन। उसका पंख एक बार टकराया तो बस कट ही गया था। एक दो पर भी गिर गये थे। तब उसे समझ आया वो उसकी तरह आज़ाद नहीं है। उसकी डोर किसी और के हाथ में है। इसलिये शायद मालिक के डर से आवाज़ नहीं करती। वो रोज़ थोड़ी देर के लिये उसे आसमान में उड़ने के लिये छोड़ देता है। लेकिन जब कोई परिन्दा उसके पास पहुँचे तो वो खैंच के वापस अपनी छत पर उतार लेता है, और कान से पकड़ के पिंजरे में बन्द कर देता है। कान से पकड़ते तो उसने देखा था लेकिन पिंजरा पता नहीं कहाँ रखता था। जानता तो वो ज़रूर वहाँ तक जाता और उसे आज़ाद कराने की कोशिश करता।

एक रोज़ वैसे ही घगू, सरू की शाख़ों में छुप कर बैठा था कि देखा घटायें आहिस्ता-आहिस्ता जमा होकर ऊपर उठ रही हैं। उसे मालूम था घटायें बरसने से पहले पेट की हवायें निकाल देती हैं। ऐसी हवा में तो कागा भी नहीं उड़ पाते। एक नाज़ुक सी जामनी बेचारी क्या उड़ेगी। वो भी अभी घर से निकली थी। आसमान में अपना तवाज़न, ढूँढ़ रही थी कि हवा के झोंके तेज़ होने लगे। घगू बे-अख़्तियार उड़ा, पतंग को ख़बरदार करने। उसी में वो एक तेज़ झोंके की लपेट में आ गया। वो बहुत दूर था, लेकिन चिल्लाता रहा।

"जाओ... जामनी वापस जाओ।"

उसने ख़ुद ही एक नाम भी रख लिया था उसका।

"जाओ... वापस घर जाओ... बहुत तेज़ आँधी आने वाली है और बारिश में तुम.."

उसके गले में कुछ फँस गया और हवा उसे पीछे धकेल रही थी। दिखाई भी कम दे रहा था। लेकिन उसे अन्दाज़ा था, पतंग का घर किस तरफ़ है। घटायें पास आ रही थीं और आँधी तेज़ होती जा रही थी। अचानक उसका तवाज़न बिगड़ा। वो कई फ़ीट नीचे गिरा और एक खम्भे से टकरा के बेहोश हो गया।

जब होश आया तो वो किसी लकड़ी की अलमारी में – और कुछ नर्म कपड़ों पर रखा हुआ था। बारिश हो रही थी। हवा की सीलन और बारिश की आवाज़ से उसे पता चल गया था। एक अजीब सी बू, उसके जिस्म से आ रही थी। जैसी हस्पताल के रौशनदान से आया करती है। कुछ बच्चों की आवाज़ें सुनाई दे रही थीं। उसे याद आ गया। समझ गया, खम्भे से टकरा के वो सड़क पर गिरा होगा। कोई बच्चा उठा लाया है। जो उसकी तिमारदारी कर रहा है। आँखें बन्द कर के वो मन-ही-मन दर्द सहलाता रहा और याद करता रहा पतंग को। पता नहीं, बेचारी वक़्त पर घर पहुँची कि नहीं। कहीं आँधी के लपेट में तो नहीं आ गयी... मर न गयी हो।

कई दिन बाद जब उसे एक पिंजरे में डाल के बालकनी में लटकाया गया तो उसे अच्छा लगा। परों की ताक़त धीरे-धीरे वापस आ रही थी। ज़ोर से फड़फड़ा नहीं पाता था। कन्धे में थोड़ा दर्द बाक़ी था। एक दो दिन के बाद – जब दूसरे पंछियों की आवाज़ें पहचान में आयी तो और अच्छा लगा। वो अपने ही इलाक़े में था। बाग़ के उसी तरफ़ जहाँ से पतंग उड़ा करती थी। एक उम्मीद ने फिर से जीने की ताक़त दे दी उसे।

कई दिन इन्तज़ार में कटे। आप-ही-आप बातें करता। उसे आवाज़ें देताः

"सुनो जामनी... मैं कुछ दिन यहीं पर हूँ। कुछ बच्चों के पास। नीचे एक बिल्डिंग में। मोनटू के घर में। आसमान में मत ढूँढ़ना मुझे... तुम कैसी हो?... कहाँ पर हो?"

आख़िर एक दिन पीली जामनी पतंग उसे नज़र आ ही गयी। उसकी हालत ग़ैर हो गयी। फड़फड़ा के उसने अपने कन्धे ज़ख़्मी कर लिये। घर में कोई नहीं था जो उसे खोल देता। उसका पिंजरा झूलता रहा। वो बहुत चिल्लाया, लेकिन जामनी ने नीचे देखा ही नहीं।

थोड़ी देर के लिये जामनी उसकी आँखों से ओझल हो गयी, और जब नज़र आयी तो वो बेसुध, डोलती-डोलती बाज़ार की तरफ़ आ रही थी। उसकी डोर उसके पीछे लटक रही थी। शायद उसको ढूँढ़ रही हो। वो क़ैद से डोर तुड़ा के भाग आयी होगी। उसी के लिये। आहिस्ता-आहिस्ता वो नीचे उतर रही थी – और कुछ बच्चे नीचे उसे देख के उसके साथ-साथ भाग रहे थे। घगू ने आवाज़ें तो बहुत दीं। लेकिन कोई आवाज़ उस तक पहुँची नहीं। बच्चों के शोर-ओ-गुल और ट्रैफ़िक में उसकी आवाज़ बहुत कमज़ोर पड़ गयी।

अचानक एक बड़े से लड़के ने, उसकी डोर पकड़ ली – और सामने की पतली सी गली में भाग लिया। उसने देखा – जामनी छुड़ाने के लिये ऊपर उठने की कोशिश कर रही थी। लेकिन बच्चे की गिरफ़त बहुत मज़बूत थी। वो छुड़ा नहीं पायी।

और फिर वो हुआ जो घगू ने कभी सोचा भी नहीं था। घगू की तो साँस ही रुक गयी जब, मोनटू उसे लहराता हुआ घर में दाख़िल हुआ।

"माँ... माँ... गड्डी... गड्डी मिली।"

जामनी का असली नाम गड्डी था उसे अब पता चला। सब ने प्यार से उठा के देखा उसे। मोनटू ने उसी बालकनी में दीवार पे लटकाया जिस बालकनी में घगू का पिन्जरा लटका था।

सारी रात वो उसे बुलाता रहा।

"जामनी... गड्डी... जामनी।"

मगर वो बोलती नहीं थी। कभी-कभी हवा से हिलती थी बस। घगू समझ गया। वो गूँगी थी... इसलिये... वो कभी बोली नहीं...!

नारंगी

मामू का कहानी सुनाने का स्टाइल कमाल था। बात करते-करते कहानी शुरू कर देते थे, और कहानी बताते-बताते बात करने लगते थे।

"तो शुरू में जब बाहर की दुनियाओं से स्पेस क्राफ़्ट आये, हमारे सोलर सिस्टम को स्टडी (मुता'ला) करने तो उन्हें ये गोल ज़मीन बिल्कुल एक ताज़ा नारंगी की तरह दिखाई दी.... लेकिन नीले और सब्ज़ रंगी की नारंगी।"

अमजद का ध्यान फिर अपनी नारंगी पर चला गया।

दो दिन, या तीन दिन पहले की बात है, घर में संतरे आये, जिन्हें अम्मी और मामू नारंगी कहते हैं। सबको अपने-अपने हिस्से की एक-एक नारंगी बाँट दी गयी। अमजद को मना कर दिया गया। क्योंकि उसे ज़ुकाम था और हल्का-हल्का बुख़ार भी... अमजद ने ज़िद की तो अम्मी ने उसकी नारंगी उसके पास रख दी और कहा—

"अभी खाना मत। जब तक ज़ुकाम है इसे यहीं पड़ी रहने दो।"

अमजद को तसल्ली तो थी कि उसे उसके हिस्से से महरूम नहीं किया गया। लेकिन दो दिन पहले जितनी ख़ुशनुमा और चमकदार थी — वो अब कुछ-कुछ कम होने लगी थी।

मामू अपनी नारंगी की बात कर रहे थे।

“नीले सब्ज़ रंग से दूसरी दुनिया वालों को अन्दाज़ा हुआ कि इस ज़मीन के गिर्द दो तिहाई से ज़्यादा पानी के समन्दर हैं। बल्कि उसी रंग की कुछ धारियाँ ज़मीन के हिस्से पर भी नज़र आयीं। जैसे समन्दर से निकल के पानी उनमें बह रहा हो – दरियाओं में...”

“लेकिन मामू, वो उल्टा है। दरियाओं का पानी समन्दर में जाता है न कि...”

“अरे भाई इतने ऊपर से बहाओ थोड़ा ही पता चलता होगा? ऐसे ही लगा जैसे ज़मीन के जिस्म पर रगें बिछी हूँ। ऐसी...”

मामू ने अपनी बाँह खोल के मोटी मोटी रगें दिखायीं। अमजद को अपनी नारंगी पर तो ऐसी रगें नज़र नहीं आयीं। बल्कि ताज़ा शगुफ़्ता नारंगी अब कुछ-कुछ पिल पिली होने लगी थी, और कहीं-कहीं दाग़ नज़र आने लगे थे। जैसे बूढ़े फूफा के चेहरे पर।

मामू की कहानी कई-कई दिन चलती थी। वो अपनी कहानी ज़ारी रखने से बाज़ नहीं आये। कुछ दिन नहीं। वो कुछ सदयाँ आगे निकल गये।

“जैसे-जैसे, स्पेस क्राफ़्ट, कई-कई सदियों के बाद आते रहे, नारंगी की हालत पचकती गयी। उन लोगों ने ज़मीन के और क़रीब आकर देखा, तो बड़े ख़ूबसूरत जंगल नज़र आये। कहीं-कहीं ऊपर से आबादियों के डब्बे नज़र आये और उनमें छोटे-छोटे मकोड़ों की तरह चलते हुए इंसान! पर बस्तियों के डब्बे बड़ी दूर-दूर रखे हुए थे।”

अमजद ने उस रोज़, अपने हिस्से की नारंगी उठा कर गुलदान के पीछे छुपा के रख दी। जब तक नयी ताज़ा नहीं मिलेगी। वो उसे फेंकने भी नहीं देगा।

अमजद का बुख़ार भी, मामू की कहानी की तरह चलता ही जा रहा था। मामू की कहानी का अगला हिस्सा भी – अगले रोज़ ही शुरू हुआ।

"हाँ तो फिर कुछ सौ साल के बाद – एक बार फिर कुछ स्पेस क्राफ़्ट इस ज़मीन की तरफ़ आये। इस बार नीली नारंगी ढूँढ़ते थोड़ा वक़्त लगा उन्हें। माहौल में गुबार पहले से ज़्यादा था। ओज़ोन की एक हल्की सी तह बादल की तरह बहने लगी थी – और नीचे, अन्दर आकर देखा कि मकोड़ों के घूमने फिरने से बाक़ायदा लकीरें बन गयी थीं, इस प्लेनेट पर। वो लकीरें एक बस्ती से दूसरी बस्ती में जाकर गुम हो जाती थीं। उन लकीरों पर इंसान के चलने की रफ़्तार भी पहले से तेज़ नज़र आती थी। लगता था एक मकोड़ा दूसरे मकोड़े को उठा कर भागे चला जा रहा है। इंसान ने शायद जानवरों पर सवारी करना शुरू कर दी थी। बस्तियाँ भी पहले से बड़ी हो गयी थीं – और ज़्यादा हो गयी थीं। कई जगह तो बड़े ख़ूबसूरत सुन्हरी रंग के नन्हे-नन्हे सूरज जलते दिखाई देते थे। इंसान आग दरियाफ़्त कर चुका था। लेकिन जहाँ जंगल दिखाई देते थे। वहाँ सियाह रंग का धुआँ भी नज़र आया था। शायद जंगल जला कर बस्तियों के लिये जगह साफ़ की जा रही थी। ज़मीन की नारंगी अब उतनी ताज़ा और शगुफ़ता नहीं लगती थी। जितनी उनसे पहले आने वालों ने बयान की थी।"

अमजद इसका राज़ जानता था। उसने देखा था उसकी नारंगी में सुराख़ हो चुके थे। उसने सुराख़ के आस-पास कुछ च्युटियों को टहलते भी देखा था और जहाँ फीके दाग़ दिखायी देते थी वहाँ अब काले और सफ़ेद फफूँदी वाले धब्बे पड़ गये थे।

मामू एक बार फिर अपना स्पेस क्राफ़्ट लेकर लौट गये। फिर कुछ दिन बाद जब अपनी कहानी पर लौटे तो कुछ सदियाँ और बीत चुकी थीं।

"स्पेस क्राफ़्ट के लोगों ने आकर देखा, वो जिस ज़मीन को बहुत सदियों पहले एक ताज़ा शगुफ़ता प्लेनेट देख चुके थे। अब

उसके ऊपर का ओज़ोन एक ज़हरीली पतली फफूँदी की तरह ज़मीन के गिर्द लिपटा हुआ था। मैले कुचले फटे पुराने चिथड़े की तरह। ज़मीन के माहौल में धुआँ ही धुआँ था। रेडियो एक्टिव नावॉइज पॉल्यूशन (Radio Active Noise Pollution) से भरा हुआ। सब्ज़ जंगल बहुत कम रह गये थे। इंसानों की बस्तियों ने तक़रीबन सारी ज़मीन घेर ली थी। सारी ज़मीन मकोड़ों से भर गयी थी।''

अमजद की नारंगी बिल्कुल सड़ चुकी थी और कीड़े-मकोड़े उसे नोच-नोच कर खाये जा रहे थे।

दौड़ दौड़ के क़दम मिलाता हूँ,
ज़िन्दगी ये कितनी तेज़ चलती है!

मिट्टी तले

पता नहीं वो कब से उस अँधेरे में पड़ा था।

लेकिन बहुत धीरे-धीरे जब उसे होश आया तो ज़मीन हिलती हुई महसूस हुई। बहुत देर तक काँपने के बाद जब ज़मीन ठहरी तब पहली बार उसने आँखें खोलीं। चारों तरफ़ अँधेरा था। ज़मीन अभी तक हिल रही थी। उसने ज़ोर लगा के ज़मीन को रोका और दुबारा आँखें खोलीं। उठने की कोशिश की तो पीठ पर पड़ी सीमेंट की सिल ने फिर दबा दिया। अँधेरे में कुछ दिखाई नहीं दिया। एक बार फिर उसने आँखें खोलीं। दोनों हाथ मिट्टी में धँसे हुए थे। उसने सर वहीं ज़मीन पर टिका रेहने दिया। तब धीरे से ज़हन ने करवट ली और याद आया कि ज़लज़ला आया था... ज़मीन फिर से झुलती हुई महसूस हुई।

वो सो रहा था जब उसका बिस्तर डोलने लगा। उसके कानों में खटखट की एक मुसलसल आवाज़ आ रही थी। कमरे के कोने में खड़ी स्टील की अलमारी काँप रही थी, जैसे मलेरिया में बुख़ार आने से पहले बदन काँपता है। बाहर किचन था। कोई चम्मच थाली बजा रहा था। बर्तन बज रहे थे। हल्के-हल्के, डरे-डरे से, अचानक वो पूरी तरह बेदार हो गया। वो ज़लज़ला था। वो कूद के बिस्तर से उठा। बत्ती ऑन की तो बल्ब मद्धम ही सा जल के बुझ गया। उसी वक़्त सोसाइटी के लोगों का शोर कान में पड़ा। वो दरवाज़ा धकेल कर, सीढ़ियों की तरफ़ बढ़ा। लिफ़्ट बन्द थी। मेन स्विच किसी ने ऑफ़

कर दिया था। औरतों की चीख़ पुकार सुनाई दी। सब अपने अपने घरों से निकल के नीचे भाग रहे थे। दो मंज़िलें वो कैसे फलाँग गया उसे पता नहीं, जब ऊपर से मिट्टी गिरने का एहसास हुआ। सीढ़ियाँ हिलीं। ज़लज़ला शायद गुड़गुड़ाता हुआ गुज़र रहा था, या गुज़र गया था। या उसके गले में अभी तक गुड़गुड़ा रहा था। उसके घुटने काँपने लगे। वो गिर गया। कुछ लोग उसके ऊपर लुढ़क गये और फिर एक भयानक धमाके के साथ उसके नीचे की सीढ़ियाँ डूबती हुई पाताल में उतर गयीं और अँधेरा हो गया।

वो अभी तक पाताल में था...

बुख़ारी को याद नहीं वो कब से उस अँधेरे में पड़ा था। शायद कई दिन से। कहीं कोई आवाज़ भी नहीं थी। हाथ पाँव... हिलाने की कोशिश की तो लगा जम गये हैं। या बँधे हुए हैं। तेज़ी से एक ख़याल ज़हन से गुज़रा मैं क़ब्र में हूँ। मिट्टी, पत्थर, अँधेरा... क्या ग़लती से दफ़ना दिया लोगों ने या... मर चुका हूँ... कोशिश की तो सर भी नहीं हिला। लगा शायद मर चुका है वो। थोड़ी देर में मुंकर और नकीर आयेंगे। उसे कलमा पढ़ने के लिये कहेंगे। मर जायें तो तीसरे रोज़ आते हैं ये फ़रिश्ते!... यानी तीन रोज़ हो गये उसे दफ़न हुए। अगर ज़िन्दा होता तो तीन दिन में उसे भूख भी लगती। एक अजीब सी तसकीन हुई उसे कि वो मर गया है। उसे भूक भी नहीं लगी और उसकी याददाश्त भी क़ायम है। पता नहीं चल रहा था। वो सीधा पड़ा है या औंधा पड़ा हुआ है। उसने याद करने की कोशिश की। जब क़ब्र में उतारते हैं तो चेहरा किस तरफ़ होता है? उसे फिर से नींद आने लगी। मौत में कितना सुकून है। नशा है। ज़मीन फिर से हिल रही थी। झूल रही थी। वो सोने जा रहा था। पालने में। क़ब्र पालने की तरह झूल रही थी। थोड़ी देर में फ़रिश्ते आयेंगे। उसे उठाकर ले जायेंगे। और वो फिर सो गया।

बदन हलका लग रहा था। जिस्म का एहसास ख़त्म हो रहा था। हाथ, पाँव, कोई जोड़ बदन का, कुछ भी नहीं हिल रहा था। और उसी तरह दिमाग़ भी बड़ा मद्धम-मद्धम जलता था और बुझ जाता था... उसे वाकयी यक़ीन होने लगा कि वो क़ब्र में है और मर चुका है। ऐसा ही होता होगा मरने के बाद लेकिन फ़रिश्ते कब आयेंगे। लब हिलाये बग़ैर उसने अपने होंठों पे मुस्कुराहट महसूस की। एक रौशन आयत रेंगती हुई पेशानी के ऊपर से गुज़र गयी... 'ला इलाहा इल्ललाहू मोहम्मदूर रसूल लल्लाहू!' आँखें बन्द ही थीं, मगर उसने फिर से बन्द कर लीं। फिर से नींद में डूब गया। और फिर क़ई दिन तक नहीं जागा। खुद उसी के दिमाग़ ने फुसफुसायाः 'अब तो क़यामत के रोज़ ही उठूँगा।

एक झटके से उसकी आँख खुल गयी। दिमाग़ जाग गया। कोई उसकी पलकें उठा के देख रहा था। कुछ रेंग रहा था उसकी पलकों पर। शायद... पहली बार उसने अपने सीने में साँस भरती हुई महसूस की। शायद उसे जगाया जा रहा है। क़यामत का दिन आ गया। पलकों से रेंगती हुई कुछ पतली पतली सी लकीरें, या उँगलियाँ, या नाखुन, या... माँ के गीले बाल... या कोई पतली क़लम से माथे पर कुछ लिख रहा था।

"आयतें...!"

कोई एक पैर के नीचे, तलवे पर भी लिख रहा था। दायाँ बायाँ वो शनाख़्त भूल गया। शायद फ़रिश्ते उसके आमाल उसके जिस्म पर दर्ज कर रहे थे।

बिना लब हिलाये वो मुस्कुरा रहा था। क़यामत का शोर क़रीब आ रहा था। उसे आवाज़ें सुनाईं देने लगीं। अब उसकी आँखें हमेशा के लिये बन्द हो रही थीं। बल्ब बुझ गया। वो सो गया। क़ब्र फिर झूलने लगी। फ़रिश्ते उसे उठा के ले जा रहे थे। नीचे और नीचे। वो पाताल में डूबता जा रहा था।

बिल्डिंगों का मलबा साफ़ हो रहा था। ज़लज़ला कई जगह से ज़मीन उधेड़ता हुआ गुज़र गया था। बिल्डिंगों के नीचे से कई-कई दिन तक लोग बरामद होते रहे। कुछ अधमरे, कुछ ज़ख़्मी, कुछ मुर्दा। मुर्दों को दफ़न कर दिया गया या जला दिया गया। जिनकी फ़ौरन पहचान नहीं हो पायी, कुछ रोज़ बाद उनकी आख़री रसूमात भी पूरी कर दी गयीं। हस्पताल भर चुके थे। बहुत जगहों पर ज़लज़ले से मुतास्सिर लोगों के कैम्प खुल गये थे, सरकार के अलावा अवाम भी हर तरह की मदद कर रहे थे। अख़बारें उन लोगों की मदद के लिये चंदा जमा कर रही थी। उसी में एक रोज़ अख़बार के एक सफ़हे पर बुख़ारी की तस्वीर छपी।

अठाराह रोज़ के बाद बुख़ारी को अब्बासी बिल्डिंग के तहख़ाने से निकाला गया जहाँ उसका जिस्म कॉकरोचों से भरा हुआ था। लेकिन वो ज़िन्दा था, और बेहोश था। नब्ज़ बहुत मद्धम थी, मगर चल रही थी। उसे फ़ौरन हस्पताल पहुँचा दिया गया।

कई रोज़ के बाद जब बुख़ारी पूरी तरह होश में आये तो, दर्दों से कराह रहे थे, और डॉक्टरों से कह रहे थे!

"ये क्या क़यामत है। किस दोज़ख़ में उठा लाये मुझे!"

शॉर्ट कट

सीधा रास्ता बहुत लम्बा था। पहाड़ों के गिर्द घूमता, गिरता, हुमकता हुआ बानपुर पहुँचता था। वहाँ से सीधा आनन्द प्रयाग! पक्की सड़क थी फिर भी कहीं-कहीं उधड़े खुरदड़े हिस्से आ जाते थे, लेकिन पहाड़ी रास्ते तो अब ऐसे ही होते हैं। बारिशों में उधड़ जाते हैं और सूखे में बनते रहते हैं।

हम एक ढाबे पर रुके थे, जो ढाबा भी नहीं, बस डब्बा ही समझो। हम तीन थे। भूषण, त्रन तारन और मैं। रुके थे चाय पीने। फिर मर्तबान में पड़ी रसक निकाल ली। फिर उबले हुए अंडे देखे तो जी चाहा, काट के नमक, काली मिर्च डाल के, दो एक निगल जायें। छू के देखा तो ठंडे पड़े थे। दुकानदार से कह दिया एक दर्जन उबाल दे। गाड़ी में रख लेते हैं। रास्ता लम्बा है, ब्रांडी के घूँट निगलने में मदद करेंगे। ठंड बहुत थी, इसलिये ब्रांडी की बोतल साथ रखी भी थी। बीच-बीच में साँस गले में जम जाती तो पिघलाने के लिये, बोतल का ढक्कन भरते और अन्दर लुढ़का लेते। कुछ देर के लिये नाली साफ़ हो जाती।

अंडे उबलवाते, चबीना फाँकते, चाय पर चाय बनवाते, डेढ़ घंटा लग गया उस डब्बे जैसे ढाबे पर। दो ट्रक वाले और भी आकर रुक गये। जब इतनी देर हो गयी तो लगा बानपुर पहुँचते तो रात हो जायेगी और रास्ता अगर ऐसा ही हुआ तो शायद बहुत रात हो जाये। हमारे ड्राइवर को ख़याल आया, दस बीस या पच्चीस तीस

किलोमीटर आगे एक 'शॉर्ट कट' रास्ता निकलता है बानपुर के लिये। रास्ता बहुत अच्छा तो नहीं, लेकिन 'धीनू' और 'बामनी' गाँव से गुज़रता हुआ, 'अलक गंगा' के साथ-साथ ही चढ़ता उतरता बानपुर जा निकलता है। साथ ही ये राय भी दे दी कि, जान जोखम में डालने की जल्दी भी क्या है?

"जोखम झेलने को तो जिन्दगी पड़ी है सर जी!"

रास्ता भी दौड़ते कुत्ते की तरह ज़बान निकाले रहता है। पता नहीं कब चौड़ा हो जाता है, कब पतला। कच्चे रास्ते झेलना फिर भी आसान है। पक्के रास्तों पर तो जान निकली रहती है। हर एक धचके पर यही लगता था, अब गये कि अब गये। हर मोड़ पर ऊपर से पहाड़ गिरता नज़र आता है। ड्राइवर मुसलसल बोले जा रहा था।

"ऊपर से आये तो यहाँ के लोग कहते हैं। पहाड़ आता है।"

"और नीचे जाते को? जब लेंडस्लाइड हो जाये?"

"नीचे वाले बोलेगा जी, पहाड़ आया।"

"या हम कह देंगे कि, हम आये।"

"हमें तो बोलने की फुर्सत ही कहाँ मिलनी है बाऊजी?" वो सीट पर उछल-उछल के हँसता था।

पहाड़ी रास्तों का अपना ही रोमांस है। हम धूप में चल रहे हैं, कि सामने कोहरा पर्दा खेंच के खड़ा हो गया। "ठहरो!"

पूछा... "क्या पीछे कोई नहा रहा है?"

हम खड़े रहे। कुछ देर बाद धीरे से कोहरा हट गया। सामने नहायी धोयी सत-रंगी क़ौस खड़ी थी। पहाड़ी पे रास्ते बार बार मुट्ठे तेज़ होते रहते हैं, इसलिए साथ-साथ सफ़र करते हुए लोग भी बार-बार मिलते बिछुड़ते रहते हैं। 'देव प्रयाग' पर एक गाड़ी बड़ी तेज़ी से निकली थी हमारे पास से, हॉर्न देती हुई। छोटी सी 'हेर्लड'। हमारे जीप वेगन वाले ड्राइवर ने पंजाबी में मज़ाक़ किया...

"ले भई, साबुन दानी को भी पर लग गये।" और ख़ुद ही सीट

पर उछल-उछल कर हँसने लगा।

सुना था कि देव प्रयाग, जहाँ गंगा और अलक गंगा आकर मिलती हैं, वहाँ एक डेम बनेगा और देव प्रयाग पानी में डूब जायेगा। ख़्वाहिश हुई कि चलके देख आयें। त्रन तारन बोले, "तो फिर ऊपर 'रूद्र प्रयाग' तक चलते हैं।" और भूषण ने राय दी, "और ऊपर आनंद प्रयाग चलो तो वहाँ से 'दरोना गिरी' होते हुए नैनीताल निकल जायें।" सीधे जोशी मठ और बदरीनाथ हम एक बार पहले जा चुके थे। भूषण और मैं। हमने गाड़ी तो दिल्ली से ही ली थी, लेकिन हरिद्वार पहुँचते-पहुँचते गाड़ी कुछ तकलीफ़ देने लगी। हरिद्वार से ऋषीकेश तक हम तीनों अशोक महंतजी की गाड़ी में आये। हरिद्वार में ड्राइवर ने कहा था कि "घंटे भर का काम है, गाड़ी यहीं ठीक करा लें तो अच्छा है, वरना पहुँचने तक..."

अशोक बात काट कर बोले थे। "हाँ करा लो। आराम से करा लो, और ऋषीकेश पहुँच कर सीधे हमारे आश्रम में आ जाओ। साहब लोग वहीं मिलेंगे।"

रास्तों के जोखम महंतजी ख़ूब जानते थे। पहाड़ों के एक-एक मोड़ से वाक़िफ़ थे। गाड़ी को हरिद्वार से आते-आते बहुत देर हो गयी। रात वहीं ठहरना पड़ा। सुबह निकलते, फिर देर हो गयी। सुबह की हवा सूँघ कर ही महंतजी ने कह दिया, "लगता है कल रात जोशी मठ में भारी बर्फ़ पड़ी है।" दस्ताने, मोज़े, मफ़लर कस्स के फिर निकल पड़े।

अब आश्रम से चले हमें चार घंटे हो चुके थे। हम ढाबे से निकले ही थे कि वही हेर्लड एक बार फिर हमारे बग़ल से कन्नी काट के निकल गयी। ड्राइवर ने कहा।

"जी ये आपका साबुन दानी वाला बड़ी जल्दी में है। बाज़ ही नहीं आता।"

"वो है कौन? गाड़ी तो इधर ही की लगती है?"

"है तो इधर ही का जी! अब क्या कहें? लुगाई तो पुरानी अच्छी लगे, पर गाड़ी पुरानी हो जाये तो बदल लेना चाहिये। ये तो दोनों ही को चिपका के बैठा है।"

इस बार तो गड्ढा भी नहीं था, फिर भी वो सीट पर उछल-उछल के हँसा।

"किसी दिन रास्ते में बैठ गयी तो मायके वाले ही लेकर जायेंगे।"

ड्राइवरों की ज़बान अलग ही होती है। वह ट्रक वाला हों या टैक्सी वाला। सारी इमेजरी गाड़ी से जुड़ी होती है। बड़ा इश्क़ करते हैं अपनी गाड़ी से। अक्सर तो नाम भी नम्बरों में बदल देते हैं। ढाबों पे कई बार सुना है।

"ओये चौंती छत्ती (34 & 36) इधर ही आजा। घुट मार ले। कुक्कड़ भुनवाया है।"

पहाड़ों पर चढ़ते हुए ये एहसास ज़रूर होता है कि दुनियादारी नीचे छोड़ आये। दोनों तरफ़ ऊँचे-ऊँचे दराज़ क़द के पेड़ बड़े बेनयाज़ लगते हैं। आसमान के हक़दार नज़र आते हैं। थोड़ी देर के लिये जंगल में टहल जाओ, तो वहाँ ख़ामोशी भी सूफ़ियों की तरह घूमती नज़र आती है। ख़ुद ही कुछ कहती है, ख़ुद ही कुछ सुनती है।

सूरज धीरे-धीरे पहाड़ी के पीछे जा रहा था। आसमान सुरमें लगी आँख की तरह पहाड़ों के बीच-बीच से झाँक लेता था। कुछ देर बाद ही, वह रास्ता दिखाई दिया जो बानपुर के लिये शॉर्ट कट था। बायें तरफ़ मुड़ गया था। दूर वही हेर्लड जाती हुई दिखाई दी। हमने ड्राइवर को रोका।

"वीर सिंह, इसी रास्ते से निकल चलते हैं। अगर उसकी पुरानी हेर्लड जा सकती है तो हम भी पहुँच जायेंगे। अपनी तो जीप है।"

ड्राइवर ने गाड़ी रोकी, कुछ सोच कर, रिवर्स में ली और कहा–

"उसकी पुरानी जोरू है सर जी, और कोई पैसेंजर भी नहीं है।

अपनी तो... रास्ते ने एक धचका दिया तो...'' चुप हो गया।

फिर कहा – ''नीचे तकिये रख लो। नयी तो...'' और हँस पड़ा।

क्या ख़ूब ज़िन्दगी है पहाड़ों की। पहाड़ी रास्तों की। आसमान कहीं उँगली पकड़ के साथ-साथ चलता है। कहीं बाप की तरह उछाल के कन्धे पर ले लेता है। फिर उतार देता है। लड़खड़ाते डगमगाते आप चलते रहिये। वो दूर से देखता रहता है। चलते-चलते आप किसी नदी, किसी दरिया की उँगली पकड़ लेते हैं और दरिया कब हाथ छोड़ देता है, पता भी नहीं चलता। अचानक सड़क के किनारे कोई छोटा सा छींकता हुआ झरना नज़र आ जाता है। जी चाहता है उतर के पाँव धो लें। लेकिन ऐसी ठंड में गाड़ी के टायर धो के ही तसल्ली हो जाती है। पानी देख के ठंड बढ़ जाती है। ब्रांडी का एक और ढक्कन, बक़ौल मिंटू के 'इंक़लाब' कहता हुआ गले से उतर जाता है।

अचानक ड्राइवर ने गाड़ी रोकी और उतर गया। हमारी निगाहों ने उसका त'अक़ुब किया। एक बड़ा सा बोलडर, एक पहिया और एक्सल रास्ते में पड़ा हुआ था। वीर सिंह झाँककर नीचे वादी में देख रहा था। जब काफ़ी देर तक वो अपनी जगह से हिला नहीं तो हम एकएक करके गाड़ी से उतरे। कीचड़ मिट्टी से पायँचे ऊपर उठाये, उसके क़रीब पहुँचे। नीचे, बहुत नीचे खाई में हेर्लड कार औंधी पचकी पड़ी दिखी और दूर पड़ी ड्राइवर की बेहिस बॉडी नज़र आ रही थी। वीर सिंह नीचे उतरने का रास्ता देख रहा था। भूषण ने ख़ौफ़ से भरी आवाज़ से पूछा–

''कोई चान्स है?.... बच गया हो?...''

''ना जी!''

वीर सिंह की आवाज़ रूँधी हुई थी।

''कमबख़्त वहाँ भी शॉर्ट कट मार गया!''

गिरह कट

हस्पताल के लिये भाग रहा था वो। ख़बर आयी थी, ज़किया की कोख का पानी बह गया है। वो किसी वक़्त भी बच्चे को जन्म दे सकती है। जिस पड़ोसन के साथ गयी थी। उसी ने आकर ख़बर दी।

"डॉक्टरों ने पहले तो आठ दिन बाद की तारीख़ दी थी... लेकिन बड़े मियाँ न..." दाँत काट के, कान पकड़ के उसने अपनी ही गद्‌दी पर धप्प जमाई। लाड और इश्तियाक़ में वो अक्सर ख़ुदा को, बड़े मियाँ कह जाता था। ऐसी जल्दी में कुर्ता पहना कि बग़ल से खैंच कर थोड़ा सा और फट गया। ज़किया पहले ही मसख़री किया करती थी।

"ये सूराख़ क्या हवा आने के लिये छोड़ दिया है। उतार दो मैं सी देती हूँ।"

लेकिन एक बार पहनने के बाद, वो हमेशा आलस कर जाता है...

"ओए कोई नहीं – बग़लें दबा के रखूँगा।" फिर कहताः "छोटा, नन्हा कोई आ जाए तो नया सिलवा लूँगा। गोद में जो उठाना होगा उसे।"

वो हँस देती... "ले! कोई कल परसों थोड़े ही हो जाने वाला है। अभी तो छह महीने पड़े हैं। तीसरा ही लगा है...!"

"चौथा हुआ न भई। और क्यूँ आगे कर रही है?"

बड़ी मन्नतें माँग-माँग के उसकी बीवी की गोद भरी थी। शादी

के चार साल होने को आ रहे थे। और अब दिन-दिन कर के हफ़्ते गिनता था। और हफ़्ता-हफ़्ता कर के महीने।

सीढ़ियाँ लुढक के नीचे उतरा, और ख़याल आया कि बटवा तो ऊपर ही रह गया। फिर लपक के ऊपर चढ़ा। साँस फूल गयी। फिर ताला खोला और अन्दर गया। बटवा वहीं रखा था जहाँ कुर्ता बदला था। बड़ी ख़फ़्फ़त होती डॉक्टरों के सामने, अगर कहता जल्दी में घर भूल आया। लेकिन डॉक्टर चौपड़ा दिलदार आदमी हैं वो समझ जाते। शुरू से वही देखते आ रहे हैं, ज़किया की ज़चगी को।

"लेकिन तारीख़ तो अभी आठ दिन आगे की बताई थी। ये जल्दी किसने कर दी। ज़किया ने? या... ऊपर वाले ने!"

इस बार सोच के ख़ुद से बोला। बटवा जेब में डाला और लौट लिया। अबके सीढ़ियाँ क़दम-क़दम उतर के गया। लेकिन नीचे पहुँच के ख़याल आया। ताला तो लगाया ही नहीं। ख़ुद ही से कहा– "कोई नहीं। घर बड़े मियाँ देख लेंगे।" फिर दाँत काटा, गद्दी पे चपत जमाई।

"घर वही देखेगा। हस्पताल पहुँचते देर हो गयी तो?" पतली गली रेवड़ी बाज़ार की। बाहर आते-आते गटर की ख़ुशबू से ही गला तर हो गया। कन्धे छीलता, मेन रोड पर आया तो लगा ऑटो देखने। कई आस-पास से बल खाके गुज़र गये। कोई ख़ाली नहीं था। सुलतान बेचैन होने लगा।

"दिन रात तो साले कॉकरोचों की तरह घूमते हैं ट्रैफ़िक में। अब जब ज़रूरत है तो एक भी नज़र नहीं आता..."

तेज़-तेज़ क़दम उठाता चल दिया हस्पताल की तरफ़। लेकिन गर्दन घुमा-घुमा के देखता गया कोई रिक्शा मिल जाये... दसियों लोगों से टकराया।

"सामने देख कर चल भाई।"

"पैर उलटे लगे हैं क्या?" सुलतान को इस जुमले पर थोड़ी

सी हैरत हुई। ये मुहावरा तो पहले नहीं सुना था। उल्टी सीधी तुकबंदी का शौक़ उसे भी था। मुस्कुरा दिया।

अचानक सामने से आता एक रिक्शा नज़र आ गया। हाथ झुलाया तो ऐसे झूम के साथ आ लगा जैसे पालतू हो...

"सरकारी हस्पताल" कह के बैठ गया... हालाँकि दौड़ लेता तो ये आठ रुपये भी बच जाते। आधा रास्ता तो आ ही गया था। अचानक जेब में हाथ डाला तो बटवा नदारद! जेब की दूसरी तरफ़ से हाथ बाहर आ गया... जाने कब कट गयी। उसने रिक्शा वाले के कन्धे पर हाथ रखा।

"ऐ भाई..." और कटी हुई जेब दिखाई।

"माफ़ करना भाई... रास्ते में..." उसकी आवाज़ भीग गयी। रिक्शे वाला एक पल रुक कर आगे चल दिया।

"कोई बात नहीं... कभी हो जाता है।" पता नहीं उसे क्यूँ यक़ीन आ गया।

सुलतान याद करने लगा। कब हुआ?... किस जगह?... वही बात रिक्शे वाले ने पूछ ली।

"कब हुआ?... किस जगह?..."

"अभी ही। बाज़ार में। रेवड़ी बाज़ार में रहता हूँ। वहीं से आ रहा हूँ... पता नहीं कब हाथ दिखा गया...? दिखाया भी कहा यार। बड़े मियां की तरह, इनकी भी कोई सूरत नहीं होती। पता नहीं कब करतब दिखा जाते हैं?"

हस्पताल आ गया था। वो उतरा और कुछ कहना चाहा रिक्शे वाले को। लेकिन उसने मुस्कुरा के हाथ दिखाया और सामने ही दूसरी सवारी मिल गयी।

सुलतान का मुँह उतर गया। भारी क़दमों से हस्पताल में दाख़िल हुआ। और दूसरी मंज़िल पर चौपड़ा साहब के कमरे के सामने जाकर खड़ा हो गया... लिफ़्ट भी नहीं ली। बहुत लम्बी लाइन

थी... चपरासी ने बताया, ज़किया को अचानक दर्द उठने लगे थे। उसे ऑपरेशन थियेटर में ले गये हैं। डॉक्टर चौपड़ा वहीं पर हैं।

सामने की लॉबी में एक ख़ाली बेंच पर जाकर बैठ गया। हाथ बार बार ख़ाली जेब में चला जाता था। बार-बार रिक्शे वाले का चेहरा सामने आ जाता। अब डॉक्टर चौपड़ा से भी कहना होगा।

बैठे-बैठे ऊँघ आ गयी थी। इसलिये पता नहीं चला कितना वक़्त गया जब डॉक्टर साहब ने कन्धे पर हाथ रखा। और अपने कमरे में ले गये।

"ज़किया कैसी है डॉक्टर साहब?"

"ठीक है।"

"और बच्चा?..." चेहरे पर मुस्कुराहट थी और आँख में सवाल था।

"लड़का या लड़की?"

डॉक्टर साहब ने सर झुकाया तो दोनों बुझ गये।

"सुलतान बच्चा मुर्दा पैदा हुआ है।"

एक सन्नाटा सर से पाँव तक दौड़ गया। देखता रह गया डॉक्टर साहब को।

"ज़किया ठीक है...! बेहोश करना पड़ा। थोड़ी देर बाद होश में आ जायेगी।"

सुलतान की आँखें अचानक खुश्क हो गयीं। हाथ कटी हुई जेब में चला गया। पता नहीं क्यूँ। मुस्कुराया वो। हलका सा।

"क्या यार! तू तो उससे भी बड़ा गिरहकट निकला... आपे गोद भरी थी उस की। और आपे ही... जेब काट ली। गिरहकट!!"

फूल की पत्ती से कट सकता है हीरा
आरी से कटते नहीं नाभी के रिश्ते!

साँझ

लालाजी को ये बात खल गयी कि बुढ़िया (लालाइन) ने बाल कटवा दिये और उनसे पूछा भी नहीं।

पिछले महीने उनकी बहू मायके गयी थी तो अपनी सास को साथ ले गयी थी दिल्ली, कि ट्रेन में गोद के बच्चे को सँभालने में आसानी रहेगी। लालाजी से खुद माया देवी ने पूछा था – ''बहू कह रही है दिल्ली चलने के लिये। जाऊँ?''

''हाँ हाँ ज़रूर जाओ। ट्रेन के धक्के में बेचारी बहू कैसे सँभालेगी बच्चे को?''

उनकी बहू, मिनी के पिता रिटायर्ड कर्नल हैं। मिनी के दो भाई भी मिलिट्री में बड़े ओहदों पर हैं। कर्नल साहब का पार्टी में आना-जाना आज भी उसी तरह जारी है। ज़ाहिर है उनकी पत्नी उन्हीं के स्टाइल में रहती हैं। मॉडर्न हैं। स्टाइलिस्ट हैं। उन्होंने बाल कटवा रखे हैं, इस बार माया देवी के भी कटवा दिये।

दो हफ़्ते बाद बम्बई वापस लौटीं तो लालाजी देख कर दंग रह गये।

''ये बाल का क्या किया तुमने?''

''समधन ने कटवा दिये। अपनी तरह के बनवा दिये।''

ये कह कर माया हँसी ज़रूर लेकिन एक साया जो गुज़रा,

उनके पति की आँख से, वो डर गयीं। अपने शौहर की नज़र वो पहचानती थीं। अड़तालीस बर्स का रियाज़ था। खिसियानी-सी बोली– ''फिर रख लूँगी, बढ़ जायेंगे।''

लालाजी चुपचाप अन्दर चले गये और बैठक में जाकर बैठ गये। रात खाने की मेज़ पर भी उनका मूड बुझा-बुझा ही रहा। मनोज ने पूछा। मिनी ने बस सर हिला दिया।

''कुछ नहीं।''

माया देवी ने जब पूछा... ''तबियत तो ठीक है ना?'' तो जवाब कुछ और ही दिया...

''तुम्हारे बाल तो बहुत अच्छे थे, ख़ूबसूरत थे कटवा क्यों दिये?'' कोई जवाब न मिला तो बोले... '' और तुमने... मुझसे पूछा भी नहीं।''

मनोज हँसता हुआ कमरे में दाख़िल हुआ... ''बाबूजी को अभी तक माँ के बालों की फ़िक्र लगी है। सत्तर बाहत्तर के हो गये, लेकिन मिज़ाज से इशक़ नहीं गया अभी!'' मिनी ने जो बड़ी की कन्घी कर रही थी हँस कर पूछा...

''बाबूजी की क्या लव-मैरिज थी?''

''नहीं माँ की शादी तो मेरे सामने हुई। उनके माँ बाप ने करवायी थी।''

''मतलब...''

''दोनों ने घर से भाग के कोर्ट मैरिज कर ली थी। चार पाँच साल के बाद मैं पैदा हुआ। मेरी पैदाइश के बाद दोनों के माँ-बाप ने माफ़ कर दिया और सुलह हो गयी... माँ मुझे लेकर पैरेंट्स (Parents) को मिलने गयीं तो उन्होंने बाबूजी को घर से निकाल दिया। ये कह कर बच्चू जाओ अब बारात लेकर आओ तब लड़की देंगे। तब दोबारा शादी हुई उनकी। मुझे याद तो नहीं लेकिन... पता है। तस्वीर भी है।''

लाला हीमराज को खाने के बाद सैर की पुरानी आदत थी। कुछ देर टहलने के लिये बाहर चले जाते थे। नुक्कड़ से एक पान बनवाते अपनी पसन्द का। उम्र के साथ सुपारी ज़रूर कम हो गयी थी। लेकिन उस रोज़ पनवाड़ी की दुकान से पहले ही लौट आये। इतनी सी बात पता नहीं क्यों भँवर की तरह उनकी सोच में अटक गयी थी... साँझ ही तो है। उसे हक़ कह लो, अधिकार कह लो या... कोई मुनासिब लफ़्ज़ मिला नहीं। ऐसा लग रहा था उनकी बड़ी क़ीमती चीज़ चोरी हो गयी है।

जब मनोज पैदा हुआ था तो पहले उनके अधिकार पर सेंध लगी थी। मज़ाक़न बीवी से कहा... "ठीक है। ठीक है भई हम ख़ुद ही कपड़े निकाल लेंगे। तुम देखो अपने बेटे को। आते ही हमारा बिस्तर अलग करवा दिया इस छटंकी भर लौंडे ने।"

"छटंकी भी मत कहो। आठ पौंड का बेटा दिया है आपको।"

"लेकिन ये तो बता दो पहने क्या? हिलतन साहब के यहाँ जाना है।"

"नेक टाई तो हरगिज़ मत लगाना। बुरी ऊत लगती है आपके गले में। स्काफ़ लगा के चले जाओ।"

फिर पिंकी पैदा हुई तो कुछ और कटाव हुआ उनके अधिकार का। खाना नौकरानी के हाथ का मिलने लगा। लेकिन दाल का बघार माया ख़ुद लगाती थी। कोई और लगाये तो उन्हें पता चल जाता था। माया देवी को बड़ा फ़ख़्र था इस बात पर। एक बार दाल में से लम्बा बाल निकल आया। लालाजी ने नौकरानी को निकाल दिया। माया से बोले...

"तुम्हारा बाल होता तो मैं बटवे में रख लेता। लेकिन उस नौकरानी के बाल बर्दाश्त नहीं कर सकता। उसे कहो काम करना है तो सर

मुँडवा के आये।"

"अये हाये। सुहागन बेचारी। वो क्यूँ मुँडवाये? कोई विधवा है?"

"तो फिर कोई नौकर रख लो।"

तब से नौकर ही रहा घर में.. अब आके चूल्हा-चौकी बहू ने सँभाला तो एक दिन उसे भी कह दियाः "खाना बनाते हुए बाल खुले मत रखा करो बेटी। आँख पर आते हैं।" मिनी ने कस कर जुड़ा बना लिया। लेकिन बात माया की नज़र से बच न सकी। वो जान गयी थी कि आज तक नौकरानी वाली बात वो भूले नहीं।

दो चार रोज़ तो बात हँसी मज़ाक़ में टलती रही। माँ दिल ही दिल में इतरा रही थी कि लालाजी इस बुढ़ापे में भी इशक़ जता रहे हैं। रूठे से रहते हैं। लेकिन कुछ रोज़ और गुज़रे तो सबने देखा कि बाबूजी ने माँ से बात करना ही छोड़ दिया है। माया भी कुछ बेहाल होने लगीं। बुढ़ापे की रूठाई उन्हें जवानी से भी ज़्यादा जान लेवा लगी। खाने की मेज़ पर सब मिलते और लालाजी चुपचाप खाना खाकर उठते और सैर को निकल जाते। सैर भी कुछ छोटी होने लगी थी। माया ने पूछा तो जवाब दिया।, "अब जल्दी थक जाता हूँ।"

एक बेदिली सी रहने लगी घर में। साथ ही एक दबा-दबा सा तनाव भी शुरू हो गया। खाने की मेज़ पर बैठे हुए मनोज ने कहा. .. "बाबूजी आप चश्मे का फ्रेम बदल लीजिये। आज कल बड़े नये-नये डिज़ाइन मिलते हैं।"

"ये डिज़ाइन तुम्हारी माँ का पास किया हुआ है भई।"

"माँ का?" मिनी ने हैरत से पूछा।

"हाँ! उन्हें गोल फ्रेम अच्छा नहीं लगता था। हमने चोरस ले लिया। फिर काले फ्रेम पर एतराज़ हुआ उन्हें तो हमने ब्राऊन ले लिया।"

एक रोज़ खाने पर बैठे तो चौंक कर देखा माया की तरफ़...

''आज बघार तुम ने लगाया है?''

माया का जी भर आया। बहू ने पूछा... ''आपको कैसे मालूम हुआ?''

''अरे बेटी तुम्हारी सास के बघार में उनके हाथों की खुशबू आ जाती है।''

लेकिन उनकी ख़ामोशी बरक़रार रही जब दबी दबी मनवाई का भी असर न हुआ तो मिनी ने एक दिन साफ़-साफ़ माफ़ी माँग ली... ''मुझ से ग़लती हो गयी बाबूजी। मैं अपनी मम्मी को मना नहीं कर सकी और मम्मी भी तो मान ही गयीं!'' वो दोनों को मम्मी कहती थी। माँ को भी और सास को भी।

एक दबी मुस्कुराहट के साथ बाबूजी बोले... ''बातें बड़ी मामूली हैं बेटा। न होने से कोई दुनिया इधर की उधर नहीं हो जाती। लेकिन ज़िन्दा रहने का रस बना रहता है बस। हम बुढ़े हो गये हैं। एक दूसरे से बेगाने तो नहीं हो गये।''

अगले दिन ही बाबूजी ने कहा... ''मैं कुछ दिन क़े लिये पिंकी के पास रह आता हूँ, ज़रा तबदीली हो जायेगी।''

पिंकी जबलपुर में बियाही हुई थी। मामूली से पस-व-पेश के बाद सब मान ही गये। मनोज ने तो मज़ाक़ भी किया...

''ठीक है जब तक माँ के बाल भी कुछ और लम्बे हो जायेंगे।''

माँ ने समझाया... ''बेटी के यहाँ ज़्यादा दिन मत रुक जाना। अच्छा नहीं होता... जल्दी लौटना।''

दूसरे दिन लालाजी ट्रेन से रवाना हो गये।

दो दिन, चार दिन, छह दिन, हफ़ता गुज़र गया लेकिन

लालाजी जबलपुर नहीं पहुँचे। सबको फ़िक्र हो गयी। दोस्तों, रिश्तेदारों के यहाँ खोज शुरू हुई। ख़ुदा न करे कोई हादसा न हो गया हो। कुछ होता भी तो लालाजी ख़बर करते। कोई माक़ूल वजह उनके ग़ायब होने की समझ में न आयी। बहुत मायूस होने के बाद पुलिस को इतला दी गयी, और अख़बारों में तसवीर छाप दी गयी... मगर सुराग़ नदारद! परेशानी इस हद को पहुँची कि मुमकिन ना – मुमकिन हर तरह के ख़्याल ज़हन से गुज़रने लगे।

ढाई महीने गुज़र गये और एक दिन अचानक एक ख़त मिला। बदरीनाथ के किसी आश्रम से... लाला हिमराज बहुत बीमार थे। उनकी हालत बहुत नाज़ुक थी और आश्रम के किसी पंडित ने उनकी डायरी से पता लेकर ख़त लिख दिया था।

सब लोग फ़ौरन बदरीनाथ पहुँच गये... बस ज़रा सी देर हो गयी। उसी सुबह उनका देहान्त हो गया था। दाढ़ी बढ़ी हुई थी। बाल बढ़ के जटायें बन गये थे। चटाई पर पड़े हुए बिल्कुल संन्यासी लग रहे थे।

माया देवी ने चूड़ियाँ तोड़ के फेंक दी और उनके कान के पास जा कर पूछा...

"बाल कटवा दूँ? अब तो मुंडन करवाना होगा। विधवा हूँ ना!"

और इस बार लालाजी से पूछ के बुढ़िया ने सर मुँड़वाया...!

दादाजी

दादाजी छड़ी टेकते हुए अपनी हुमकती चाल से चलते हुए आँगन में पड़े मोढ़े तक गये और उसमें धँस गये।

दादाजी के लिये तो एक अलमिया हो गया जो जसवन्त के बेटे को नीचे खींच कर पीट दिया। पीटा भी क्या बस चौतड़ों पर तीन चार धप लगाये और डपट के अन्दर भेज दिया। जब से गाँव आया था। चैन से बैठता ही नहीं था। कोई न कोई शरारत कोई न कोई हुज्जत!

अभी परले दिन की बात है, गाँव के लौंडे बेरू के साथ तालाब में पत्थर के घोड़े दौड़ा रहा था। शहर में कहाँ ये खेल देखा होगा। ये घोड़े तो गाँव के तालाब ही में कूद सकते हैं। समन्दर में थोड़े ही कूदेंगे। किसी टूटी कन्नी, मटके की ठेकरी को घिस के गोल करना, या चपटा सा कोई पत्थर जो भारी न हो, उसे तालाब कि सतह पर यूँ फेंकता कि तीन चार टप्पे लगाता हुआ जाये और जाके डूब जाये पानी में। बेरू को मशक़ थी। पाँच छह कभी सात सात टप्पे भी लगा लेता था। बंटी को पता नहीं क्या सूझी कि चीनी की प्लेटें तोड़ के टुकड़े ले गया। चिकनी है इसलिये, सोचा दूर तक जायेगी। बेरू धोबी का लौंडा, रोज़ कपड़े लेने आता था, उसने शिकायत कर दी। दादाजी ने समझायाः

"बेटा इन घोड़ों के लिये घर के बर्तन नहीं तोड़ा करते!"

बंटी ने तालाब पे ले जा के बेरू को धक्का दे दिया पानी में। वो गाँव का था, तैर के लौट आया। बंटी ने कहाँ सीखा था तैरना। झगड़ा हो गया और ख़ुद डूबते-डूबते बचा।

लेकिन आज सुबह की पिटाई पे तो दादाजी से बिलकुल नाराज़ हो गया। चिट्ठी पत्र का ज़माना तो गया। जसवंत ने घर में फ़ोन लगवा दिया था। बंटी ने फ़ोन कर दिया। और जसवंत ने कह दिया कि आ के ले जायेगा। बाक़ी छुट्टियाँ वो शहर ही में काट लेगा।

दादाजी बहुत परेशान थे। मायूस भी थे। और सच भी है कि औलादें हो जायें तो अपने आप माँ-बाप से मोह कम हो जाता है। औलाद से बढ़ जाता है। जसवंत को थोड़ा ही याद होगा जब बारिश में नंगे पाँव बाहर जाने की ज़िद की थी और डाँट पड़ी थी।

"चलो! पहले बूट पहनो।"

माँ से डाँट बर्दाश्त नहीं हुई थी सो उठा कर बाहर ले गयी। कुछ भी हो सकता था। वो कैसे बताते कि उनसे छोटी इसी तरह ज़िद कर के बारिश में निकल जाती थी, और पता नहीं कब पोलियो की शिकार हो गयी। दायीं टाँग सूख गयी। पोलियो मारी बेटी की शादी करने के लिये उनके माँ-बाप को क्या-क्या जतन करने पड़े थे। उनके तजरूबे इतने जमा हो गये थे कि एक-एक बात पर कहानी खुल जाती थी। तजरूबे बोले नहीं, बाँटें नहीं तो क्या करें? उसी का नाम तो बुज़ुर्गी है।

जसवंत भी इसी बात से परेशान रहता था। बड़ौदा बैंक से जब रिटायर्ड हुए तब गाँव में पुश्तैनी घर का ख़याल आया। जसवंत ही ने कहा था कि स्कूल के ज़माने तक तो गाँव जाता रहता था अपने दादाजी से मिलने, लेकिन अब तो वहाँ कोई भी नहीं था।

"आप ही चले जाइये। और जो मुनासिब समझें कीजिये उस

घर का। वैसे भी आपकी पेंशन से शहर में रह कर तो गुज़ारा करना मुश्किल है। और अब बंटी भी स्कूल जाने लगा है। ख़र्चे तो बढ़ते ही जा रहे हैं।"

उसका मतलब तो वो समझ गये थे। लेकिन बंटी से बहुत लगाव हो गया था। पत्नी के गुज़र जाने के बाद पोते के साथ ही वक़्त कटता था उनका। वो अपने क्रिकेट के क़िस्से सुनाता था और वो अपने गिल्ली-डंडे के...!

जसवंत की पत्नी जब दूसरी बार हामला हुई तो वो दिल कड़ा कर के गाँव चले आये। लेकिन गाँव आते ही मन हरा हो गया। जैसे पौधे को अपनी जड़ों की मिट्टी मिल गयी हो। उन्हें अपने दादाजी के दिन याद आने लगे। सच तो ये है जितना उन्हें मिला था बड़ा होते हुए, उनकी औलादों को कहाँ मिला। उनके पिता पैदल चल कर, चार कोस दूर मदरसे जाया करते थे। वो ख़ुद साइकिल पर बड़े स्कूल गये थे और फिर शहर के हॉस्टल में रह कर कॉलेज पास किया था। फिर भी देसी घी का कनस्तर और मेवे भरी पिन्नियाँ घर से भर के ले जाया करते थे। ये पुश्तैनी मकान बड़े दादाजी ने बनवाया था और फिर उनके पिता के ज़माने तक उसे बढ़ते देखा था। ऊपर की छत उनके सामने पड़ी थी। इसी बरसाती में सिगरेट पीना सीखा था और इमली की छड़ी से पिटाई हुई थी। वहीं इश्क़ हुआ था। उसी परनाले से लटक के घर से भागे थे। जसवंत को तो घर से भागने की ज़रूरत भी नहीं पड़ी। उसे प्यार हुआ तो एक रोज़ लड़की को लाकर माँ से मिला दिया और इरादा डिक्लेयर कर दिया। डाँट डपट तो जसवंत को भी पड़ी थी, लेकिन कभी मारा हो उन्हें याद नहीं... फिर आज बंटी को कैसे पिट दिया...?

जसवंत के आने से बंटी और भी विठर गया। दादाजी से बात ही छोड़ दी उसने। जसवंत ने समझाया भी लेकिन उसकी हठ नहीं गयी।

सुबह चलते वक़्त, जसवंत ने फिर कहा–

''चलो, दादाजी के पाँव छुओ।''

बन्टी ने मुँह मोड़ लिया। दादाजी ख़ुद ही पास गये। सर पर हाथ फेरा। लाड़ किया। उनकी आँखें भर आयीं।

''मुझ से बात नहीं करेगा?''

''नहीं!''

''क्यों?''

''मुझे पेड़ से नीचे खींच के मारा क्यों था?''

''मैंने तुझे थोड़े ही मारा था बेटा। मैंने तो किसी और ही को मारा था।''

बंटी ने आँख भर के देखा।

''झूठ!''

''हाँ बेटा – मैंने तो उस लड़के को मारा था। जिसने उस पेड़ से गिर कर अपनी टाँग तोड़ ली थी। ये देख....''

दादाजी ने मोढ़े पे बैठ के अपना पायंचा उठाया और बायें पिंडली की हड्डी पर लगा ज़ख़्म का निशान दिखाया – और कहा:

''देख! मैं तब तेरी ही उम्र का था। इसीलिये आज तक लँगड़ा कर चलता हूँ।''

और लँगड़ाते हुए उसे बाहर खड़ी टैक्सी तक छोड़ने आये।

एडजस्टमेंट

ग़लती हुई हम सब से जो नाना को नानी की मैयत पर नहीं ले गये।

चन्द माह पहले उन्हें ग़शी का दौरा पड़ा था, इसलिए डरते थे, कहीं उन्हें कुछ हो ना जाये। एक सदी रहे थे जिसके साथ, क्यूँ अब मरी का मुँह देखें। वो भी मान गये – कह दियाः

"ले जाओ – कह देना – मैं भी आ रहा हूँ – तुम चलो!"

भारी दिल से हम अर्थी उठा कर ले गये। एक बार मुड़ के देखा था मैंने। बालकनी का दरवाज़ा बन्द कर के अन्दर चले गये थे।

नानी तीन बरस छोटी थीं नाना से और तीन बरस पहले गुज़र गयीं। नाना बहुत ज़ईफ़ थे। चौरासी-पचासी पार कर रहे थे, तब भी नोक झोंक ऐसे चलती थी कि जैसे नये नये बियाह के आये हों। कभी-कभी रूठाई भी हो जाती थी जो कई दिनों तक चलती। हम कभी कुछ बोल देते बीच में तो नाना कहतेः

"होता है बेटा – होता रहता है। आपसी एडजस्टमेंट (adjustment) में वक़्त लग ही जाता है।"

अब और कितना वक़्त लगना था। बाइस पच्चीस के थे जब शादी हुई थी। साठ इकसठ बरस काटे शादी के।

"अजी क्या काटे – बीस बरस तो बाँझ रही। जब हरी हुईं तो एक बेटी दे के पेट कटवा लिया।"

नाना की बातें सुनने में बड़ा मज़ा आता था। माँ अक्सर डाँट देती थी।

"तुम्हीं लोग उकसाते हो उन्हें बोलने पर। और सुननी पड़ती हैं माँ को।" यानी हमारी नानी को। वो तो बस पोपले से मुँह से कुछ बोल देती थीं।

"दो नवासे हैं ख़ैर से – अब तो चुप हो जाओ।"

नाना चुप तो हो जाते। लेकिन आँखों से कुछ न कुछ बोल देते थे। जो वही समझती थीं। कभी-कभी कोई लम्बी टेस सुनाई देती उसमें।

हम दोनों भाई छोटे थे जब हमारे पिताजी ने दूसरी शादी कर ली थी। और नयी माँ को भी अक्सर उस घर में ले आते थे। माँ से कुछ बन नहीं पड़ा, तो नानी लड़-झगड़ के हम दोनों को उठा कर चली गयीं। माँ से कह दिया।

"तुझे मरना है तो मर अपने ख़सम के पास। बच्चों को तो मैं सौतेली की मार नहीं सहने दूँगी।"

शायद नाना ख़ुश नहीं थे इस पर।

"अपनी तो आयी नहीं। दूसरों की औलादें उठा लायी। कौन पालेगा इन्हें?"

कुछ ही सालों में, जब दूसरी माँ से औलाद पैदा हुई, तो हमारी माँ भी वहीं चली आयीं। नाना और चिढ़ गये। माँ उनके सामने आये तो मुंह मोड़ लेते थे। नानी ने कोशिश भी की मनाने की, लेकिन उनकी ज़िद न टूटी। कोई काम हो, कहना हो तो, हमीं जाते थे सामने। उनके सामने अगर कुछ चलती थी तो नानी की और कहती भी थीं:

"जिस दिन मैं न रही, उस दिन देखना... इन बच्चों की माँ से बात नहीं करते नाँ।? ये भी नहीं करेंगे। अकेले बालकनी में बैठ

के धूप खाना।''

नाना धीरे से बोल देते–

''तुझ से बड़ा हूँ। देखता हूँ पहले कौन जाता है?... तू कि मैं?''

नानी बड़ी बूढ़ियों की तरह कान न पकड़तीं, ज़बान न काटतीं, कह देतीं–

''देख लेना।''

और नानी सचमुच पहले चली गयीं। नाना और चिड़चिड़े हो गये। जैसे कोई शर्त हार गये हों।

कुछ रोज़ खाने से रूठ गये। ''उसे कह दो, नहीं खाता!''... कमरे से बाहर भी नहीं निकले। कुछ चीज़ें हटा कर, कमरा आ रास्ता किया। लेकिन नानी का पलंग कमरे से हटाने नहीं दिया। खुश्क सी आवाज़ में कहा था–

''रहने दे – और कहाँ सोयेगी?''

जिस रोज़ अस्थियाँ लेकर जानी थीं। उस रोज़ भी अपने कमरे ही में बन्द रहे। मैं अन्दर गया तो नानी के बिस्तर पे बैठे थे। कल्सी को बस हाथ से छुआ और कहा–

''ले जाओ – सारी उम्र बस लड़ता ही रहा तुझसे।''

उस दिन ये बात समझ नहीं आयी थी। बहुत दिन बाद समझ आयी।

एक दिन और देखा नानी की खांसी का 'सैरप' पड़ा था। वो पी रहे थे। शीशी के ढक्कन में नाप कर, बिल्कुल जैसे नानी लेती थीं। मैंने पूछा भी!

''ये क्यूँ ले रहे हैं आप?''

''क्या करूँ?... ये खाँसी मुई गला ही नहीं छोड़ती।'' नानी का ही जुमला था।

फिर बोले–

"ये ख़त्म हो जाये तो दूसरी शीशी ला देना।"

मुझे हैरत हुई। उन्हें खाँसते कभी नहीं सुना था। लेकिन ज़्यादा हैरत तब हुई जब मैंने एक रोज़ कहा–

"नाना चलो – चल के बाल कटवा आयें, बहुत बढ़ गये हैं।"

नाना ने मुँह मोड़ लिया। मैंने फिर पूछा–

"कहिये तो नाई को यहीं बुलवा लूँ। घर में आ के काट जायेगा।"

उसी तरफ़ देखते हुए मुन्डी हिला दी और बोले:

"नहीं, उन्हें मेरे छोटे बाल अच्छे नहीं लगते। वो तो मार ही डालेगा मुझे।"

उनका अन्दाज़ बिल्कुल नुस्वानी था। जैसे नानी बोल रही हों। मैं लौट गया। कुछ घबराया सा। माँ से ज़िक्र किया तो बोलीं।

"आज कल माँ (नानी) को बहुत याद करते हैं। उनकी तस्वीर से बातें करते देखा है मैंने। और रात को सोते भी उन्हीं के बिस्तर पर हैं।"

लेकिन माँ चौंकीं उस दिन जब नाना का दिलपसन्द रायता बना कर ले गयीं और नाना ने ये कह के लौटा दिया–

"जानती नहीं मैं रात के वक़्त रायता नहीं खाती। मेरा गला पकड़ लेता है।"

उनका मस्दर बदल रहा था। वो औरत के लहजे में बात करने लगे थे।

मेरी फ़िक्र बढ़ गयी। मेरे एक दोस्त हैं, डॉक्टर। डॉक्टर के. डी. काम्बले। Psychaitrist हैं। उन्हें घर बुलाया।

बहुत देर तक नाना से बात करते रहे। ज़्यादा वक़्त तो वो चुप रहे। कोई जवाब नहीं दिया। और जवाब दिया भी तो नाना की ही

सूरत। लेकिन उसमें एक और बात पोशीदा थी, जो ज़ाहिर हुई। एक सवाल के जवाब में बोले–

"ये वही बता सकती है अभी आयेगी तो पूछ लूँगा।"

काम्बले ने पूछा। "कहाँ गयी हैं?"

वो मुस्कुराये बोले– "मुझे बताती थोड़ी है।"

जब उठे तो डॉक्टर काम्बले ने बताया–

"उनके हिसाब से नानी गुज़री नहीं हैं। अब वो दोहरी ज़िन्दगी जी रहे हैं। शायद अकहेरी ज़्यादा। वो ख़ुद को नानी समझने लगे हैं। जो होता है अब नानी को होता है। प्यास लगती है तो नानी को। दर्द होता है तो नानी को। दवा भी अब वही खाती हैं। वो सिर्फ़ निगलते हैं। उनके लिये।"

मैं डॉक्टर को छोड़ने उनके घर तक गया। काम्बले ने बीमारी का नाम बताया 'Dys morphic phobia' और कहा–

"लेकिन उसका कोई यक़ीनी इलाज नहीं है। कोशिश करते रहने से कुछ हवास कभी–कभी वापस भी आ जाते हैं। और कभी–कभी बग़ैर कुछ किये भी आदमी इस कैफ़ियत से बाहर आ जाता है। लेकिन इस उम्र में शायद मुश्किल हो।"

डॉक्टर के घर रुक कर मैंने एक ड्रिंक ली। कुछ देर इधर-उधर की बात की। और चलने से पहले काम्बले ने मुझ से पूछा–

"अच्छा एक बात बताओ। अब वो नानी हों या नाना। तुम्हें क्या फ़र्क़ पड़ता है?... वो नाना कह के रायता खायें या नानी कह के ना खायें। ज़रा अटपटा ज़रूर लगता है। लेकिन उन्हें जीने दो। जैसे भी जीते हैं।"

रात को लौटते हुए देर ज़रूर हो गई, लेकिन काम्बले की बात सुनकर, जी ज़रूर हलका हो गया। फ़िक्र कम हो गई। सोचा जैसे

नाना ने नानी के साथ एडजस्टमेंट (Adjustment) कर ली है। हमें भी नाना के साथ कर लेनी चाहिए।

घर आया तो रचना ने अभी तक खाना नहीं खाया था। मैंने पूछा तो बताया कि नाना भी बग़ैर खाये ही सो गये।

"एक बार पूछ लो। ऐसा न हो रात को भूख लगे और हमें जागना पड़े।"

मैं ही जगाने चला गया ताकि हमारे साथ ही बैठ कर कुछ खा लें। कमरे में गया तो वो नानी के बिस्तर पर ही सो गये थे। मैंने चादर हटा कर जगाना चाहा तो भौचक रह गया। वो नानी की धोती ब्लाउज़ पहने सो रहे थे!!

□□